Agnès Desarthe est née en 1966 à Paris. Romancière, elle a notamment publié *Un secret sans importance* (prix du Livre Inter 1996), *Mangez-moi* (2006), *Le Remplaçant* (prix Femina 2009) et *Dans la nuit brune* (prix Renaudot des lycéens 2010). Agrégée d'anglais, traductrice, elle a cosigné avec Geneviève Brisac un essai sur Virginia Woolf. Elle est également l'auteur de nombreux livres pour la jeunesse.

Agnès Desarthe

# CE QUI EST ARRIVÉ AUX KEMPINSKI

NOUVELLES

*Éditions de l'Olivier*

TEXTE INTÉGRAL

ISBN 978-2-7578-5212-5
(ISBN 978-2-8236-0416-0, 1re édition)

*À Mona Thomas, Paol Keineg*
*et Helen Solterer qui ont cru (en) ces histoires*

# Faire son piano

Au milieu de la nuit, j'ai ouvert les yeux. Avant de me souvenir qui j'étais, où j'étais, qui dormait à côté de moi, j'ai senti ma gorge se serrer. L'angoisse a battu la conscience au sprint du réveil. Je n'étais encore qu'un bloc indéterminé d'humeurs, de chair et de sensations que déjà mon cœur pesait sur mon diaphragme.

Je n'ai pas fait mon piano, me suis-je dit. Demain j'ai cours et je n'ai pas ouvert mes partitions une seule fois cette semaine.

Je n'avais pas eu le temps, je n'avais pas eu envie. Je décidais de m'y mettre dès le matin et quelque chose, toujours, m'en détournait : un coup de téléphone, une tache sur le mur de la cuisine, une liste de courses. Le soir venu, je me disais : Demain. Demain, c'est sûr, je ferai mon piano. Dans les transports, j'y pensais un peu ; je tentais de me représenter les portées. Madame Greffuhle, mon professeur, m'a conseillé cette méthode fondée sur la mentalisation. Selon elle, l'effort fourni pour visualiser la partition contribue à provoquer les connexions neuronales nécessaires à l'exécution du morceau. Ce que madame Greffuhle déconseille, en revanche, c'est de procéder à cet exercice dans le métro ou dans le bus. Il faut, selon elle, y consacrer un temps ritualisé. « Comme pour la méditation… »

Là, il faut que vous essayiez de vous imaginer sa voix. C'est elle qui parle de méditation. Elle a un très léger accent argentin et un enrouement chronique. « Un chat ! » murmure-t-elle dans un souffle, avant d'amorcer une quinte de toux qui peut durer jusqu'à quarante secondes (c'est très long pour une quinte). « Comme pour la méditation, il faut décider du moment, le sanctuariser. Je ne me mets pas à mentaliser parce que je n'ai rien de mieux à faire, que je m'ennuie ou que j'attends à la caisse du supermarché (j'adore sa façon de prononcer "supermarché"). Je mentalise alors (elle hurle presque ce dernier mot) ALORS que j'ai autre chose à faire. Je crée une volonté adverse, plus forte que le petit devoir emmerdant (j'aime aussi beaucoup l'usage qu'elle fait des gros mots). Je passe devant le tas de linge à laver, devant le lit défait, devant la table à débarrasser en les ignorant et je m'installe face au piano. Je lève les mains au-dessus des touches et, à l'instant où le premier imbécile venu enfoncerait ses doigts sacrilèges dans l'ivoire de synthèse, je retiens le geste. Je laisse mes mains, à peine palpitantes, planer au-dessus du clavier, je ferme les yeux et je mentalise. Un quart d'heure minimum, sinon, ça ne donne rien. Il ne faut pas espérer de résultats à moins de quinze minutes. »

Madame Greffuhle sait toujours très exactement la masse et la qualité de travail que j'ai fournies pendant la semaine. Au début, je tentais le bluff. Une demi-heure avant de partir à mon cours, je travaillais trois mesures en boucle, avec des rythmes différents, à l'envers et à l'endroit, en me disant : Quand elle verra que je maîtrise complètement ce passage difficile, elle pensera que j'ai été appliquée et régulière. Elle se taisait, ne me félicitait pas, ne me démasquait pas, elle attendait. Et puis un jour, elle a dit : « Vous savez, Émeline, en musique, on parle beaucoup de tempo, qui n'est que le nom italien du temps. Le tempo au piano, c'est l'allure, bien sûr, ça, vous le savez, c'est même un de vos points forts, cette façon que vous avez de la tenir et d'à peine la contrarier pour faire éclore l'émotion, mais moi, je vous parle du temps, du temps qu'on passe à l'instrument ; une demi-heure avant de venir, ça ne suffit pas. Vous êtes douée, vous avez un bon poignet, vous pesez comme il faut sur les touches, le son est puissant et chaleureux, mais vous avez tendance à vous endormir sur vos lauriers. Et encore, quand je dis lauriers, c'est exagéré. Le temps que j'ai, moi, celui dont je dispose, n'est pas extensible, pas infini. Il est hors de question que je le perde. Vous comprenez ? » Le sourire qui a suivi me hantait. Il se reflétait dans le bois de mon piano quand je travaillais ; comme s'il s'y était imprimé. Depuis, j'avais pris la décision d'être plus sérieuse. Mais je ne tenais pas toujours mes promesses. La preuve, cette semaine, une fois encore, je n'ai pas fait mon piano. Depuis combien de temps n'ai-je pas eu un cours réellement satisfaisant ? Une leçon au terme de laquelle nous sentirions, madame Greffuhle et moi, qu'une nouvelle étape a été franchie. Parfois j'ai réussi à lui arracher une exclamation, un Ha ! de contentement et de surprise, suivi d'une interminable quinte de toux. Qu'y a-t-il donc de si compliqué pour moi à être studieuse et régulière ? J'ai un si grand désir de lui complaire, de l'étonner. Pour m'aiguillonner, il m'arrive de me rappeler notre premier rendez-vous.

Madame Greffuhle habite un quartier dans lequel je n'avais jamais mis les pieds, à l'extrême bord de

Paris en direction de l'ouest. Larges avenues, balcons en fer forgé peints par Matisse sur le lin des façades en pierre de taille, rares passants, voitures silencieuses, éclat des poignées en laiton, rondes comme des pâtissons, longues comme des matraques, mimant l'or. Je pousse la porte cochère laquée, d'un bleu onctueux dont je crains qu'il ne coule entre mes doigts. Je relis les notes que j'ai prises sur mon carnet : première cour, au fond, porte vitrée à droite, premier ascenseur, premier étage, ne pas emprunter l'escalier. Dans le hall d'entrée, hauts murs blancs, moulures dorées, trumeaux et miroirs. On s'élève grâce à un ascenseur aux portes battantes en bois verni, puis on longe un couloir au bout duquel s'ouvre un second hall, identique au précédent, à ceci près que la cage d'escalier est deux fois plus vaste et couronnée d'un dôme en verre qui dispense une lumière aveuglante, même par temps gris. D'après mes notes, madame Greffuhle habite au dernier étage. Point d'ascenseur cette fois, on admire l'ample spirale qui empile quatre paliers desservant chacun deux appartements séparés l'un de l'autre par un pan de vitrail. Au premier (qui est en fait un deuxième si l'on compte le trajet depuis la rue), sainte Blandine et les lions ; au deuxième, saint Sébastien dans son Martyre ; au troisième, sainte Agnès et son agneau ; au quatrième, saint François et ses oiseaux. Je grimpe jusqu'en haut, trop anxieuse pour être essoufflée. Porte de droite ou de gauche ? Je ressors mon carnet, rien n'y est noté à ce sujet. J'inspecte les sonnettes à la recherche d'une initiale, d'un signe. Sur la porte de gauche, une tête de sanglier en bronze fait office de heurtoir. J'admire les détails de la hure minuscule. Sur la porte de droite, c'est une main d'argent montée sur charnière qui permet au visiteur adepte des marteaux de cogner à l'huis. Je choisis la main, emblème du pianiste. Un jeune homme indien, aux cheveux noirs épais, infime mer démontée au-dessus de son front, et aux profonds yeux tendres, ouvre la porte. Il joint ses paumes sur sa poitrine et incline légèrement son buste. « Namasté », lui dis-je, reconnaissant le geste que j'ai souvent pratiqué au yoga. « Namasté », répond-il d'une voix feutrée. « Madame Greffuhle ? » fais-je. « Madagrefu ? » répète-t-il, sans vraiment distinguer les syllabes les unes des autres, comme s'il prononçait cet assemblage de lettres pour la première fois. Je me suis trompée, semble-t-il. Au moment où je réunis les mots destinés à former une phrase en anglais expliquant ma méprise, un bourdonnement impérieux se fait entendre dans mon dos, suivi de l'ouverture automatique de la porte à tête de sanglier. J'adresse un salut de la main au jeune et bel Indien et me dirige à reculons vers l'autre appartement.

Personne dans le vestibule. J'attends quelques minutes. Je perçois des bruits de vaisselle et la rumeur très douce de deux voix. Puis j'avance vers ce que je suppose être la salle à manger. Je l'imagine somptueuse, avec lustres vénitiens et linge damassé. Mon cœur bat fort. Mes mains commencent à trembler. C'est mauvais signe. Comment retrouverai-je le calme nécessaire à la musique ? Je ralentis. Je compte mes pas. J'écoute mon souffle. Mon corps s'apaise. J'entre dans une cuisine carrée. Un feu brûle dans une petite cheminée au ras du sol. Un homme et une femme sont attablés. Ils se parlent à voix basse. L'homme a un vieux visage émacié aux pommettes saillantes, de longs cils noirs, une barbe blanche. Un Grec, me dis-je. Un vieux Grec. La femme a une étonnante masse de cheveux couleur taupe réunis en chignon au sommet de son crâne. Son nez, très long et très fin, ressemble à un bec, ses lèvres vermeilles sont très dessinées. Elle est à peine plus jeune que l'homme. Sans cesser de parler, elle se lève pour m'accueillir (je crois) et je ne peux m'empêcher de fixer sa poitrine. Ses seins hauts et ronds pointent sous le cachemire de son pull gris. Son corps entier est fascinant, juvénile, tonique, admirablement proportionné. « Émeline, dit-elle, d'une voix chantante. Émeline, nous finissons de déjeuner. Voulez-vous un café ? »

Je m'assieds à leur table. Je n'ai jamais connu pareil raffinement, dans la conversation, la taille des cuillers, le parfum du café, la découpe des morceaux de sucre. Il m'est impossible de prononcer une parole, mais cela n'a aucune importance. Madame Greffuhle et son mari ont énormément de choses à se dire. Je ne distingue pas tous les mots, certaines intonations, trop basses, m'échappent, d'autres se perdent dans un rire. Je ne me sens, cependant, pas exclue, mais plutôt honorée d'avoir le privilège d'assister à ce moment d'intimité. « Alors, au revoir, Domenico, finit par dire madame Greffuhle. Et n'oubliez pas de bien m'affoler le scherzo. Mardi même heure ? »

Le Grec n'est pas son mari. Le Grec est italien. Le Grec est, comme moi, un de ses élèves. Ce n'est pas la seule surprise que me réserve madame Greffuhle. Rien, chez elle, ne correspond à ce qu'on attend. Le prix des cours est tellement élevé qu'on n'ose pas l'évoquer, mais la durée de la leçon n'est pas fixe. Il m'arrive de passer trois à quatre heures chez elle. J'ignore comment elle s'y prend pour caler ses rendez-vous, car il est rare que je croise d'autres personnes.

J'ai revu le Grec italien deux ou trois fois. J'ai aussi aperçu une Japonaise. Madame Greffuhle me parle de Jacques, son petit prodige de onze ans qui rafle les premières places à tous les concours, de Géraldine, en qui elle avait placé tant d'espoirs et qui l'a déçue, oh, si terriblement déçue…

À force d'y penser, je me suis rendormie. Évoquer ainsi mon professeur a suffi à dissoudre mon anxiété. Je me suis réveillée complètement apaisée, emplie par la joie sereine de la bonne résolution. À partir de ce jour, c'était certain, j'allais travailler quotidiennement. Une heure le matin, une heure l'après-midi, pour commencer. Je savais que ma paresse risquerait de se révolter contre un rythme d'emblée trop soutenu. Le soleil ourlait les rideaux. J'ai tourné la tête. Gustave me regardait. « J'adore te voir dormir », a-t-il dit. Je me suis étirée. J'ai pensé que Gustave me trouvait charmante. J'en ai un peu rajouté. Il a roulé vers moi, m'a enlacée. Je l'ai repoussé. « Il faut que j'aille faire mon piano », ai-je opposé à son regard suppliant.

Je me suis levée et, sans prendre le temps de m'habiller, me suis rendue au salon. Je pouvais bien jouer nue, notre pièce à vivre donne sur une cour aveugle. C'est au moment où j'ai posé la main sur la poignée de la porte que la réalité s'est abattue sur moi, bête sauvage, sans pitié : il n'y avait pas de piano dans notre salon. Je ne sais pas en jouer. Je n'ai jamais étudié la musique.

Je me suis pliée en deux.

« Tu as mal ? a demandé Gustave. Qu'est-ce qui t'arrive ? Tu es toute blanche. »

Il s'est approché de moi, a pris mon visage dans ses mains. J'ai secoué la tête. J'ai voulu le mordre. Je me suis retenue. Le lit m'appelait. J'y suis retournée. Je me suis glissée sous les couvertures et j'ai fermé les yeux.

« Tu veux que je téléphone à la banque pour leur dire que tu n'es pas bien ? »

Gustave, mon gentil Gustave. J'ai fait l'effort de lui sourire avant de me tourner vers le mur pour me soustraire à ses questions, me rendormir, retrouver l'aiguillage, raccrocher le wagon du rêve. Sauf que ce n'était pas un rêve.

Mon mari est très compréhensif. Je dis « mon mari », mais nous ne sommes pas mariés, je suis contre le mariage, et lui aussi d'ailleurs. Je l'appelle quand même « mon mari » par commodité, pour être tranquille, par souci de clarté aussi. Mon mari, disais-je, est très compréhensif. J'ai toujours pensé que c'était à cause de ses parents. Des gens atroces qui l'ont horriblement maltraité. C'est en me racontant son enfance que Gustave m'a séduite. Les coups de coude dans les reins, les poignées de cheveux arrachées, les humiliations publiques, les abandons réguliers (à la sortie de l'école, sur le quai de la gare au retour de la colo, pas de cadeaux à ses anniversaires). Il y a pire, j'imagine. Mais je n'oublierai jamais le soir au Blue Lagoon où Gustave, un peu ivre, m'a fait le récit de son enfance martyre. C'était comme un strip-tease, à chaque nouveau degré dans la cruauté de ses parents, le désir montait en moi. Je ne le blesserai jamais autant qu'ils l'ont fait, pensais-je, et cette phrase, pourtant assez triste, je le reconnais, possédait la chaleur et l'éclat d'une déclaration d'amour.

Après une journée à me retourner dans mon lit, sans trouver le sommeil et, moins encore, le chemin de ma leçon de piano nocturne, j'ai rejoint Gustave pour dîner chez le Turc. Je lui ai tout raconté. Mon réveil en pleine nuit, mon angoisse, madame Greffuhle, l'immeuble, le piano, le jeune Indien, Domenico. La précision de mes souvenirs était fascinante, mais inquiétante aussi. Comme je l'ai dit, Gustave est très compréhensif. Il a adoré cette histoire. Il n'a pas songé un seul instant que j'avais tout inventé pour ne pas aller au travail, pour faire mon intéressante. Il m'a posé des questions, a voulu savoir si je me rappelais l'odeur du café. Il m'a interrogée sur mon rapport à la musique. Allais-je au solfège quand j'étais enfant ? Écoutais-je des disques ou la radio ? « Non, lui ai-je répondu. Je ne saurais même pas dessiner une clé de sol. – C'est magique, s'est-il exclamé, enthousiaste. Tu as peut-être un talent caché. »

Quand le riz au lait est arrivé, Gustave a subitement changé de sujet. Il voulait que l'on reparle de l'emprunt pour l'achat de l'appartement. Nous avions signé la promesse deux semaines plus tôt. Un coup de chance. Un nid d'amour sous les toits dominant tout Paris (exactement comme le précisait l'annonce aguicheuse). Gustave m'a demandé si j'étais certaine qu'un prêt *in fine* à taux capé était préférable à un emprunt traditionnel. C'est mon métier. J'ai finalisé notre dossier avec Matthieu, un collègue, et nous n'avons, ni lui, ni moi, aucun doute sur sa pertinence. Mais soudain, je ne savais plus. J'ai émis un long heueueu… J'avais mal aux yeux. La fresque représentant des colonnes doriques ornées de lierre et de chèvrefeuille sur le mur du restaurant a commencé à se distendre, à ondoyer.

Gustave a répété sa question. Je sentais qu'il aurait suffi d'actionner un petit levier parfaitement familier pour y répondre ; cela demandait un effort minime. Mais la concentration me manquait. Tout ce que je parvenais à formuler était cette phrase grossière et inappropriée : « Putain, qu'est-ce qu'on s'emmerde avec toi, Gustave ! »

J'ai regardé ses mains posées sur la table. Ses doigts potelés et courts, les poils bouclés, presque roux, sur le dessus des phalanges. J'ai regardé sa bouche, toujours entrouverte à cause de ses dents que ses parents n'avaient sans doute pas jugé bon de redresser, sa langue trop rose, trop pâle. Son nez aux narines grandes ouvertes (on pourrait y faire entrer deux salsifis, ai-je pensé). Ses yeux bleu clair, candides, aux paupières légèrement tombantes, son air de soumission, d'incertitude. (Et c'est ce type-là qui me baise ? À qui je dis : « Vas-y, défonce-moi », changée en louve-garou au moment de la pleine lune ? Ce nounours ? Ce pauvre garçon docile, inoffensif ?) J'ai serré les mâchoires. Il fallait surtout qu'aucune parole ne sorte. Il fallait que nous demandions l'addition, que nous filions, que nous grimpions nos quatre étages et que je me précipite dans le lit, tête sous l'oreiller, couette remontée par-dessus. Vite. Dormir. Rêver. Ouvrir les yeux. N'avoir pas fait mon piano.

*

Ces dernières semaines, les choses se sont accélérées. J'ai mis les bouchées doubles, comme dit madame Greffuhle (elle est très friande d'expressions françaises imagées), et les progrès ne se sont pas fait attendre.

La semaine prochaine, je passe le concours d'entrée au Conservatoire national supérieur de musique, cela demande beaucoup d'application, d'engagement. On peut même parler de sacrifices. J'ai une contracture dans le dos, entre le bas de l'omoplate et la colonne. « J'avais la même ! s'est écriée madame Greffuhle avec un rire attendri. Quand j'ai préparé le concours Frédéric-Chopin, à Varsovie, en 1965 ! » Je l'écoute parler presque autant que je joue. « Le monde appartient à ceux qui se lèvent tôt, et si tu mets toutes les chances de ton côté, il se peut que la réussite soit au rendez-vous. » C'est ce que j'appelle le franc-parler de madame Greffuhle, et cela agit sur moi comme un philtre. Je suis galvanisée par ses paroles. Plus rien ne peut m'atteindre.

J'entends parfois aussi la voix de Gustave. Mais elle me parvient à travers un brouillard. Il est si pompeux, si prévisible. « C'est merveilleux, n'est-ce pas ? susurre-t-il. Toi et moi. Comme un couronnement de notre amour. Cet enfant ! Laisse-moi toucher ton ventre. Je l'aime déjà tellement. Comment allons-nous l'appeler ? – Sviatoslav. – Et si c'est une fille ? – Sviatoslava. » Qu'est-ce que ça peut me faire ? Comme si je n'avais que ça à penser, alors que j'en bave sur l'étude n° 10 de Ligeti. Alors que j'ai percé un à un les mystères de l'harmonie, que j'en ai dominé les contraintes et que je chemine à présent sur les touches, mes doigts pareils aux grêles et puissantes pattes de pur-sang arabes sur les sentiers de forêts spontanées et féeriques. « De quoi tu parles ? » me demande Gustave. Il a l'air énervé, mais je l'entends à peine. « Tu délires. Tu parles de choses qui n'existent pas. Même les mots que tu emploies sont bizarres. C'est quoi cette histoire de chevaux arabes ? Tu devrais peut-être voir un docteur. Tu ne crois pas ? »

Gustave, qui a toujours été si compréhensif, ne comprend plus rien. Il aimerait que je prenne des somnifères. « Ce n'est pas bon pour Sviatoslav », lui ai-je répondu. « C'est ce qui s'appelle "lui river son clou" ! s'est exclamée madame Greffuhle quand je lui ai raconté. Les hommes sont forcément jaloux de la carrière de leur femme. For-cé-ment. L'amour n'y fait rien. C'est instinctif, animal. Vous devriez peut-être songer à... » Elle juge qu'il serait sain pour moi de le quitter. Elle préférerait sans doute que je le tue carrément, mais elle n'est pas du genre à se laisser emporter par la passion. Surtout une veille de concours.

Je ne vais plus à la banque. Je n'ai pas donné ma démission. Je ne réponds ni à leurs appels, ni à leurs courriers. L'avocat de madame Greffuhle m'a indiqué très précisément la marche à suivre. « Faites la morte ! » Encore une belle expression française imagée. La plupart du temps, je traînasse au lit. Je mange des chips à la ciboulette en très grande quantité. C'est la seule nourriture que mon estomac soulevé de nausées accepte. Je me regarde dans le miroir. Nue, assise sur mon lit. Je me trouve tantôt très grosse, très laide, tantôt incroyablement belle. « À se damner », dirait madame Greffuhle. Je suis arrivée deuxième au concours d'entrée du Conservatoire. Le premier était un Chinois acnéique. « Sale engeance ! » a lancé madame Greffuhle, plus blessée que moi. Il se peut que je perde l'enfant. Je ne sais plus qui me l'a dit. L'avocat de madame Greffuhle ? Gustave ? Le médecin à la maternité ? Je n'ai plus de nausées. À présent, je peux aussi manger des chips saveur bleu d'Auvergne ou gober un œuf cru. Le bébé est mort dans mon ventre. Je le garde, comme ça, mort. Ça ne me dérange pas du tout. Il y a un peu de sang sur les draps de mon lit. Ça sent une drôle d'odeur. Mais c'est peut-être Gustave. Comment savoir ?

# Le disciple

Longtemps il crut que ce serait un garçon. Il estimait que l'approche serait plus simple. Pas besoin de ces petits jeux de séduction qu'il avait en horreur. Plutôt une identification, une fraternité, un effet de miroir. À la première rentrée, il s'était interdit d'espérer, songeant que la probabilité de faire si tôt sa connaissance était trop faible. Il prépara néanmoins son âme et son cœur, au cas où. Il soigna son allure : chemise anthracite, pull à col en V noir, pantalon de toile prune, bottines à lacets, veste à chevrons gris et noir qui, grâce aux coudières en daim, lui donnait un air de gentleman-farmer. Dans le vestibule, face à la glace en pied, il essaya un feutre. Les bords étaient trop larges. À présent, on l'eût dit déguisé en berger. Il étudia un geste, ni trop ample ni trop mesquin, qui lui permettrait de retirer son chapeau et de le poser sur la console sans emphase. La console qui jouait le rôle du bureau. Mais le bureau est moins haut, se dit-il. Si je répète trop de fois ce mouvement, je risque, le moment venu, de rater ma cible et de faire tomber mon chapeau au bas de l'estrade. À quoi bon s'entraîner de toute façon, j'ai l'air d'un abruti. Il choisit une écharpe sombre et se regarda marcher depuis le fond du couloir. Trop de raideur. L'épaule gauche plus haute que la droite. La nuque.

« Ah, rien ne va », s'exclama-t-il en piétinant son écharpe.

Il avait vingt-quatre ans, tentait d'en paraître cinquante. Six heures sonnaient au clocher de la rue Albert-Thomas. Il faudrait encore patienter une centaine de minutes. Il vérifia le contenu de son cartable en cuir, tailla deux crayons à papier qui possédaient déjà une belle pointe.

« Je pourrais tuer quelqu'un avec ça ! » s'étonna-t-il en enfonçant les mines aiguisées dans la pulpe de son index.

Il ouvrit le cahier dans lequel il avait préparé son cours, le cassa à la tranche afin que les pages ne risquent pas de se refermer sans qu'il le leur ordonne, relut son développement sur les natures et les fonctions. Ils débarquent en seconde sans même savoir parler français. Un peu de grammaire dès le premier jour ne leur fera pas de mal, pensa-t-il.

« Pas besoin d'être latiniste pour parler latin ! » Il était fier de cette phrase d'ouverture. La première qu'il prononcerait avant même de se présenter, avant même de demander aux élèves de remplir une fiche ou de leur dicter la liste des fournitures à acheter. Il se voyait comme un original. Il mériterait son disciple, lequel disciple ne s'y tromperait pas et reconnaîtrait en lui le maître.

« Pas besoin d'être latiniste pour parler latin ! Vous avez déjà pris un omnibus ? Eh bien voilà, c'est du latin ! Et d'où vient, à votre avis, cette drôle de terminaison, "bus" ? "Omni", vous connaissez ? Omnivore, qui mange de tout. "Vore", comme vorace, donc c'est "omni" qui signifie tout, ou tous, c'est selon. Ainsi, l'omnibus est le moyen de transport qui s'arrête à toutes les gares car il est pour tout le monde, “omnis” au datif pluriel, complément d’attribution. Vous me suivez ? »

Cent minutes, qu’est-ce que c’est ? Lorsqu’il releva la tête de son cahier – il s’était assis sur le sol du vestibule afin de mieux se plonger dans sa réflexion –, il constata qu’il était déjà 7 h 45. Il était en retard de huit minutes sur son planning prévisionnel. Il s’empara de son sac et claqua la porte sans prendre le temps de la verrouiller. Qu’il montre seulement le bout de son nez, le cambrioleur qui pensait pouvoir tirer un bon prix de Tacite et de Maurice Scève au mont-de-piété !

Dans le RER, il sua beaucoup. Des genoux, des coudes, des mains. Les haleines d’autres voyageurs se mêlèrent à la sienne. Encore heureux que je n’aie pas pris le chapeau, pensa-t-il. Le train semblait traîner sur les rails, comme encore endormi. Il s’arrêtait en pleine voie, projetant les corps les uns contre les autres, pour s’ébranler de nouveau, quelques minutes plus tard. Impossible de lever le poignet pour regarder l’heure, mais la sensation du retard était précise et obsédante comme un ganglion d’angine. Afin de se distraire, et parce qu’il avait pour habitude d’appliquer aux soucis du quotidien une réponse stoïcienne, il força sa concentration, détourna sa pensée du temps qui filait et s’accorda un large moment de rêverie autour de l’élu.

Un garçon, donc. D’une quinzaine d’années. Il ne le repérerait pas au premier regard ; rien de plus vulgaire qu’un coup de foudre. Il sentait pourtant que la rencontre, quand elle aurait lieu, le prendrait à la gorge. Il avait décidé de se méfier des fiches, de ne tirer aucune conclusion de la profession des parents, de ne pas se fourvoyer dans de nébuleuses analyses graphologiques. De la rentrée aux vacances de la Toussaint, tous les élèves seraient examinés à égalité, le plus flagrant des outsiders aurait sa chance. De novembre à Noël, la sélection se resserrerait. Il n'en garderait que cinq ou dix. Les notes n'entreraient pas en ligne de compte. Dans un premier temps, toutefois. Quels indices, alors ? Les yeux ! Des yeux qui écoutent. Des yeux ouverts comme des pavillons d'oreilles. Le menton aussi. Très parlant, le menton. Qui ondule et dessine un acquiescement à l'insu de l'élève. Un menton fier. Un menton curieux. Les vêtements ? Quelle importance ? Il s'avoua cependant, l'espace d'un instant, l'instant d'une hallucination, qu'un cou gracile dans le moelleux austère d'un col roulé ne lui déplairait pas. Lui-même, à quinze ans… Non, n'y pensons plus, n'y revenons pas. Plus jamais. À la prochaine station, il faudra être prêt à bousculer pour sortir, à slalomer pour doubler et courir.

Il dut demander au gardien l'ouverture de la grille. En retard le premier jour. Pas le temps de prendre un café avec les collègues (il avait retenu en vain le prénom d'un professeur d'éducation physique et celui d'une enseignante de sciences naturelles avec qui il avait eu un bon contact à la réunion de prérentrée). Mégots encore fumants dans la cour. Couloirs déserts. Brouhaha feutré, filtré par les portes à insert vitré. Il trouva sans peine la salle 309. Les bâtiments modernes, tout juste achevés, bénéficiaient d'une signalétique claire. Les élèves de seconde 6 étaient assis sagement, dans un silence remarquable. Il pensa qu'il était tombé sur l'exception : dès son premier poste, une classe de jeunes gens responsables et désireux d'apprendre.

Ce ne fut qu'en franchissant le seuil qu'il remarqua la présence de la surveillante générale, madame Harfang, tresse blonde en couronne, corps interminable, visage minuscule, chevilles épaisses dans des souliers de fillette. Elle le dévisagea sans un mot, la lèvre inférieure dépassant légèrement sous la lèvre supérieure, petit ponton, petit plongeoir, tremplin à réflexions méprisantes.

« Pardon, j'ai, RER, pfff, enfin, dommage, mais… merci », bredouilla-t-il tandis qu'elle refermait la porte sur lui. Le laissant seul dans l'arène, dans la cage aux lions, au cœur du cyclone hormonal, face à eux, les gladiateurs, les fauves, les amoureux.

« Pas besoin d'être latiniste pour parler latin », fit-il, sidéré par le spectacle mouvant devant ses yeux. Il sentit sa bouche articuler les mots sans toutefois les entendre, car dès que madame Harfang était sortie de la classe, chaque élève – c'est du moins l'impression qu'il eut – s'était mis à hurler en gesticulant.

*

Les années passèrent, comme dans les livres. Mais les livres ne sont-ils pas la vie ? se disait-il. À présent qu'il enseignait la littérature aux terminales littéraires, il tentait de s'en convaincre, espérant que – contagion aidant – ses élèves engloutiraient romans, pièces et poèmes comme autant de hamburgers, frites et sundaes. « Les livres sont la vie ! » C'était sa nouvelle phrase d'ouverture. La latin avait fait long feu. Les jeunes réagissaient mieux à la seconde formule. À cause du mot « vie », si positif, si abstrait, si profond. Un mot qui leur ressemblait, en somme.

Il avait épousé l'enseignante de sciences naturelles dont il avait retenu le prénom à la réunion de prérentrée. Ensemble, ils avaient eu deux enfants très beaux, dont l'un avait décidé, entre sept et huit ans, de ne s'exprimer qu'en alexandrins. Par la suite, il avait redoublé son CM2. Allez comprendre. Sa femme était particulièrement créative. Les assiettes de purée avaient toujours des yeux d'olives noires, une bouche de ketchup et un nez en quartier de tomate. Elle fabriquait des marionnettes avec les bouteilles de lait vides et tricotait des bonnets à oreilles de chat, de chien, de cochon, d'ours. Elle n'était jamais fatiguée, chantait du matin au soir (d'une jolie voix surprenante de mezzo), aimait danser et faire des acrobaties. Le soir, lorsqu'elle se déshabillait au bout du lit conjugal, faisant voler par-dessus sa tête ses vêtements et ses sous-vêtements (elle mettait de la joie jusque dans ses strip-teases nocturnes) pour dévoiler son corps tonique et simple – un Degas ? –, il se demandait, dans des souffrances tues, pourquoi elle lui faisait si peu d'effet. Pas la moindre érection, pas de cœur battant, pas de mains tremblantes, seulement une perplexité et une angoisse croissantes concernant l'amour, la famille et, surtout, son orientation sexuelle.

À mesure que ces fameuses années passaient – ellipse, oui, tout à fait, Maïwenn au premier rang, très bien –, ces années qui étaient les meilleures, zénith d'une vie, acmé neurologique, il se réfugiait de plus en plus fréquemment dans la préparation de ses cours, en particulier les veilles d'inspection. Il voulait se faire remarquer. Il avait accumulé un joli nombre de points en continuant d'enseigner en banlieue, en se mariant, en procréant, mais cela ne suffisait pas. Il fallait poursuivre l'effort. Se donner. S'immoler. Et être nommé en classe préparatoire d'un établissement parisien. Son expérience lui avait appris que le disciple ne pouvait habiter la banlieue. Il ne pouvait pas non plus être en seconde, pas plus qu'en terminale. Pour le type de maître qu'il était, un gourou du structuralisme, un ayatollah des langues mortes, une Jeanne d'Arc de l'analyse linguistique, il fallait un disciple de très très haut niveau.

Il y avait bien eu Marcel. Il aurait dû se méfier,

pourtant, avec un prénom pareil. Un piège. Marcel, seize ans en seconde, cheveux auburn en toupet au sommet du crâne, écharpe même en été, lunettes, mâchoire prognathe, latiniste médiocre, mais une plume, un style, surtout dans les devoirs à la maison. « Quand c'est sur table, j'ai un blocage », avait expliqué le jeune homme d'un ton arrogant lors du conseil de classe. Sa mère était rectrice d'académie. Qui d'autre qu'une rectrice aurait eu l'idée radieuse d'appeler son fils Marcel ? Elle avait obtenu 17 de moyenne sur les trois trimestres. Une belle performance, pour laquelle il l'avait félicitée par lettre en fin d'année.

> *Chère madame Virovieva,*
> *Je vous remercie du fond du cœur pour les bonheurs de lecture que vous m'avez offerts en secret. Qui d'autre que vous, en effet, aurait su manier l'imparfait du subjonctif et décliner la métaphore de l'écorce du bouleau sur une trentaine de copies doubles ? Je vous baise les mains, cher ange (comme vous le constatez, Pouchkine est mon écrivain de chevet).*

Joralda, elle aussi, avait failli l'exaucer. Une jeune fille. Joralda. Car, après tout, le génie n'a pas de sexe. Pourquoi pas toi, Joralda ? s'était-il demandé en relisant sa réponse à la dernière question de la fiche de rentrée : Comment vous voyez-vous dans dix ans ? Je me vois comme je suis, comme je serai, comme j'ai toujours été. Une galaxie.

Une galaxie, ah oui, vraiment ? Quelle belle image. Il avait plusieurs fois tenté de croiser son regard. Toujours ses iris fuyaient. Lors de la première dissertation sur table, un devoir autour d'une citation tirée d'un essai de

Claude Roy, elle avait griffonné pendant deux heures, puis s'était levée d'un bond, comme un ressort, pour jaillir hors de la salle après avoir déposé le fruit de ses réflexions sur un coin du bureau. Il avait passé les deux heures restantes à étudier l'espèce de long poème en prose, mêlant André Breton et les paroles de chanson d'un groupe de pop, de rock ou de punk – comment savoir ? *No way to heaven, let me tell you sister, just the way things are, no worse, no better* – qu'elle avait recopiées, puis traduites, et qui ne semblaient pas sans rapport avec la piste qu'il leur avait proposé d'explorer : « Le travail de l'écrivain, c'est de relier. » « Pertinent, oui, bien, pourquoi pas », avait-il noté de la pointe de son feutre rouge à mine extrafine. Tremblant d'émotion, d'inquiétude. Sentant l'étau de l'anticipation se resserrer autour de son plexus. Mais n'étaient-ce pas plutôt les douleurs d'enfantement d'une fleur de lotus (symbole de l'apprentissage) diffusant son élixir en flots dans ses artères ? S'il avait été plus perspicace, il aurait compris que Joralda venait de régler, en surgissant de derrière son pupitre, cheveux dans la figure, rouge à lèvres de la veille barbouillé sur sa bouche entrouverte, chemise débraillée sur sa jeune poitrine sauvage, l'épineuse question de son orientation sexuelle.

La semaine suivante, elle avait été absente à tous ses cours. Il s'était renseigné auprès de ses collègues, avait consulté le cahier de textes et constaté qu'elle avait manqué cinq jours. C'était le temps qu'il fallait pour soigner une grippe. Pas étonnant qu'elle eût attrapé froid avec cette chemise qui, cette chemise que… aaaaaah. Il avait hésité au moment de la notation. Comment estimer cette copie ? Pas d'introduction, pas de problématique claire, ni de parties argumentées, une citation appartenant à un corpus – comment dire ? – contestable. Si cette copie était une œuvre, alors les critères de notation se dissolvaient d'eux-mêmes, sauf qu'une œuvre ne se note pas. Il trancha pour un 13, son nombre porte-bonheur. Mais le lundi suivant, jour où il avait prévu de rendre les devoirs, il fut fort affecté de constater son absence. Monsieur Sorrano, le conseiller principal d'éducation, lui confia, parce qu'il le savait discret, que la petite Joralda Épernhuy était en cure de désintoxication. On ignorait si elle réintégrerait l'établissement. Que prenait-elle ? De tout. Elle prenait de tout. Elle était défoncée du matin au soir. Défoncée ? Il se répéta mentalement l'adjectif employé par monsieur Sorrano en quittant le bureau du CPE, et fut aussitôt poignardé par une vive douleur à l'aine. Il ne revit jamais Joralda.

*

L'effort finit toujours par payer, se dit-il dans le bus qui le menait au grand lycée parisien où sa première classe d'hypokhâgne l'attendait. Il avait cinquante-six ans, en paraissait dix de moins, avait fini par adopter le chapeau, s'était essayé à la pipe, y avait renoncé, ne jurait que par la veste en velours et le caban de marin, portait des Clarks à lacets modèle 1975 par bravade, se teignait les tempes en blanc et se sentait plus que jamais prêt pour la rencontre, songeant que son divorce et le placement de son plus jeune garçon en centre de détention pour mineurs délinquants l'avaient mûri à point pour le choc.

Cinquante élèves. Trente-neuf filles. Des foulards turquoise, des bouches écarlates, de grosses bagues à reflets multicolores. Me voilà, se dit-il. Braque devant sa palette. Ensemble, nous allons peindre la sublime toile de la connaissance. Il aurait aimé avoir choisi cette dernière sentence comme phrase inaugurale. Elle venait seulement de lui traverser l'esprit et il se méfiait de l'improvisation. Lors des répétitions, il s'était contenté de cette maxime rassurante et qui résumait si bien sa propre carrière : « L'effort finit toujours par payer. » Ce fut donc ainsi qu'il s'adressa à ces jeunes cœurs gonflés d'espérance, de terreur, de fierté. Il crut entendre un sifflement en réponse, sorte de soupir involontaire lié au relâchement du muscle de l'admiration. Sitôt arrivé, il les avait déçus. Qu'à cela ne tienne. Le dépit comme point de départ, comme amarrage, c'était parfait. Ils commenceraient au plus bas, mince étiage, lie. Ils voulaient du Flaubert, il leur donnerait du Alain-Fournier, ils adulaient Proust, il leur ferait lire Sainte-Beuve, ils demandaient Beckett, il leur répondrait Ionesco, ils auraient adoré von Horvath, il leur proposerait Giraudoux. Il pratiquerait le mode mineur, déferait les lauriers, les remplacerait par des pâquerettes, initierait cette bande d'exaltés à l'ennui, à la grisaille, au petit peuple des lettres. Et cette manière de procéder serait son filtre, son tamis, seul outil, pour lui, le chercheur d'or, susceptible de rapporter la pépite. Car le disciple se plierait, le disciple accepterait de ne pas comprendre, subirait l'humiliation, l'érosion de chacun de ses neurones. Son cerveau serait lavé à l'eau de lessive de la basse littérature, récuré à la paille de fer du commentaire de texte, évidé par le grattoir du jargon. Au bout d'un mois, plus d'idées, au bout de trois, plus de sentiments, au bout de six, plus de sensations. Et c'est seulement alors, au moment où son cœur et son corps amorceraient leur propre décadence qu'il le repêcherait, lui polirait l'âme à petits coups de Mallarmé, de René Char, de François Villon, d'Homère, de Kleist.

Il crut déceler un beau potentiel chez le jeune Axel Sotomayor, trilingue à tête d'Inca ; s'en détourna pour se consacrer à Matthieu Chahoun, petit bonhomme à cou d'oiseau qui redoutait la compagnie des autres et manquait de se démettre l'épaule chaque fois qu'il levait le doigt, tant son ardeur à répondre était grande. Au cours d'une colle, il faillit se laisser prendre dans les filets de Lola Bregaud qui lui proposa une analyse du *Rouge et le Noir* selon les principes croisés de la numérologie et de l'harmonie. Selon elle, « Ce fut comme une apparition » correspondait à l'accord parfait en musique. Il lui rappela – avec toute la délicatesse possible – que cette citation était tirée de l'*Éducation sentimentale* et non du roman de Stendhal, ce à quoi elle lui répondit que cela revenait au même.

Ses collègues parlaient dans son dos. Il sentait l'air déplacé par leurs langues au coin des couloirs, lorsqu'il ouvrait son casier en salle des professeurs, et parfois même à l'instant de tourner la clé dans la serrure du petit deux-pièces qu'il louait à Montrouge. Ils avaient beau parler bas, il les entendait. À force, sa quête avait aiguisé ses sens. Les professeurs d'histoire, de philosophie et d'anglais étaient impressionnés, honorés, mais aussi déroutés par ses méthodes. Ils l'espionnaient, s'en inspiraient. Lui, de son côté, laissait faire, les gratifiant de sourires où la chaleur le disputait à l'ironie. Il n'avait pas besoin d'amis. Les réunions dans les restaurants grecs bon marché, ou les couscous du boulevard, arrosées de mauvais résiné ou de boulaouane indigeste, très peu pour lui. Il préférait de beaucoup rentrer à la maison déguster un bon confit de canard accompagné d'une bière blanche en naviguant d'une chaîne à l'autre, sans exclure la première ni la sixième : documentation ! exploration du territoire ennemi ! analyse barthésienne !

partage d'une sous-culture qui constituait la toile de fond sur laquelle, adorable pochoir, son disciple plus espéré que jamais se découperait bientôt. Il lui arrivait aussi de passer ses soirées à examiner les photos de ses anciennes classes. Plus de trente ans d'enseignement. Certains prénoms venaient se coller aux visages, comme soudain aimantés. Les patronymes et les matronymes formaient un genre de nuée indistincte, planant au-dessus des têtes, hésitant. Tous ces yeux qui le regardaient à travers l'objectif du photographe paraissaient tantôt l'encourager, tantôt le narguer : « Nous n'étions pas à la hauteur, cherche encore. » « Imbécile, tu t'es montré aveugle à nos talents. » « Humilité faite homme. » « Tyran injuste. » « Juge aux méthodes arbitraires. » Plusieurs centaines de têtes de la taille de groseilles ou de myrtilles. Qui étaient-ils, ces élèves ? Les connaissait-il ? Que lui avaient-ils laissé comme souvenirs ? Ces questions l'épuisaient anormalement, jusqu'au vertige. À deux ou trois reprises, alors qu'il se perdait dans cette contemplation, il avait senti un afflux conséquent de vieux sang appauvri venir inonder son cœur ; ses veines lui semblaient complètement distendues. Il avait même cru percevoir, un soir, avant de s'endormir, tandis que les petits visages photographiés valsaient sous ses paupières fermées, une artère se débrancher tout à coup et noyant son corps, tel un tuyau d'arrosage rendu fou par trop de pression, sous les flots d'un sang décanalisé, un sang en crue qui montait à son crâne pour poisser les neurones et transpercer les parois de ses joues et de ses gencives, lui laissant un goût de fer sur la langue.

Il pensa mourir et se dit : Non, non, pas avant qu'il me soit apparu, pas avant la révélation, pitié !

Sa prière fonctionna. Il ne mourut pas.

Puis, un soir, il mourut. Certains dirent qu'il avait avalé des cachets. Une rumeur courut selon laquelle il s'adonnait aux mêmes loisirs que ses élèves – toujours dans l'espoir de mieux les connaître, de mieux Le reconnaître –, allant jusqu'à ingérer les pilules variées, amphétamines, MDMA, ecstasy qui circulaient de poche en poche les vendredis et samedis soir. On a prétendu qu'il souffrait, depuis des années et dans le plus grand silence, d'une maladie gravissime. Dans le journal, le faire-part de décès avait été rédigé par les membres de l'administration de l'établissement où il effectuait sa dernière année d'enseignement. Des condoléances étaient adressées à son ex-épouse et à ses deux fils. À l'enterrement, une foule dense, composée d'hommes et de femmes entre dix-huit et soixante ans, déposa une couronne de lys et de lilas ornée d'un large ruban, sur lequel on pouvait lire « À notre maître bien-aimé ».

J'écris cela, mais comment le saurais-je ? Je n'y étais pas. Tout ce qu'il m'a donné, comment pourrais-je le lui rendre et qu'y comprendraient les autres ? Je pense à la pierre tombale sur laquelle une machine gravera quelques mots, son nom, la date de sa naissance et celle de sa mort. Que faudrait-il y ajouter ? Mes poignets me démangent ; j'aurais aimé manier moi-même le burin. À l'heure de son inhumation, de la disparition d'un maître qui ignora mon existence, en boule sur mon lit, j'introduis un poing dans ma bouche pour m'empêcher de pleurer.

# L'oreille humaine

Depuis quelque temps, je n'arrive plus à me concentrer. À quatre heures du matin, je sors de chez moi, comme tous les jours, alors que la nuit vire au gris bleuté (Tiens, quelqu'un y a versé un nuage de lait, ai-je pensé la première fois que j'ai franchi le seuil de ma cabane si tôt dans la journée). C'est le meilleur moment pour entendre. Au début, on en pleurerait de se lever à une heure pareille. La sonnerie du réveil fait mal jusque dans la colonne vertébrale. Au bout d'un mois, c'est comme un privilège. À force, on ne peut plus s'en passer. Par la fenêtre sans volets, j'étudie le velours nocturne. Il suffit que je penche un peu la tête pour voir les étoiles depuis mon lit. Maintenant, à l'heure où je me lève, il n'y en a plus. Nous sommes au printemps.

Contrairement à certains de mes collègues, je n'utilise pas de micro. Je n'enregistre rien. Je n'apprécie pas de travailler sur un matériau numérisé. Cela me prend beaucoup plus de temps à cause de cette méthode artisanale. Il faut que j'y retourne souvent. Mes collègues me proposent des enregistreurs d'occasion. Ils ont pitié de moi. Ils pensent que c'est par manque d'argent que je procède ainsi. Je ne les ai jamais rencontrés. Nous communiquons grâce à un forum sur Internet.

Ma cabane n'a pas de volets, mais elle est équipée du Wi-Fi. C'était une condition indispensable. Je travaille depuis chez moi, dans un secteur isolé, je ne possède pas de véhicule… Enfin, ça n'a pas été compliqué de toute façon. J'ai demandé, j'ai obtenu.

Je n'ai rien dit à mes collègues concernant mon manque de concentration. Ce n'est pas le genre d'informations que nous échangeons. D'après moi, nous n'exerçons pas vraiment le même métier. Certains sont employés par la presse spécialisée. Ils m'impressionnent par leur côté vieux loup de mer. Moi, je collabore à un site très confidentiel dont le nom désuet me plaît beaucoup : « Oiseaux de nos campagnes ». C'est joli, non ? Ça me rappelle les images que la maîtresse nous distribuait au bout de dix bons points quand on était sage. C'est sans doute là qu'est née ma vocation, dans le face-à-face ensommeillé d'un samedi matin glorieux avec une bergeronnette grise, un gros-bec casse-noyaux, un cincle plongeur, joliment peints sur le papier mat ivoire à l'odeur mélancolique de buvard.

Les oiseaux, je les ai d'abord regardés. La suite est longue et tortueuse comme un tronc de glycine. Quoi qu'il en soit, ces jours-ci, j'éprouve les plus grandes difficultés à rédiger mes trilles. Est-ce vraiment *tirliou-tiluu* ? Ne serait-ce pas plutôt *vriteliiiou-zillu* ? Cela ne me ressemble pas d'hésiter ainsi. Vous me direz que si j'avais un micro et un enregistreur numérique, je n'aurais pas tant de soucis. Je brancherais le micro, j'orienterais – écouteurs plaqués aux oreilles – mon engin coiffé de sa délicate bonnette, et je passerais ensuite la journée à analyser les sons captés, en m'aidant éventuellement des échantillons mis à la disposition des professionnels et des profanes sur des sites comme le mien. Mais, que dis-je ? Il n'existe pas de sites comme le mien. Sur

« Oiseaux de nos campagnes », vous ne trouverez pas de barre interactive avec touches « play » et « pause » permettant à l'internaute d'entendre le pépiement de son choix. Le fondateur y tient. Il ne jure que par la transcription. « L'oreille humaine n'est pas assez précise – sauf la vôtre, Pervenche, sauf la vôtre. Un don ! Quand les gens entendent des chants d'oiseaux, c'est de la bouillie pour eux, même enregistrés avec les technologies les plus modernes. Lorsqu'ils lisent vos transcriptions, c'est comme s'ils étaient dans la tête de l'oiseau. Vous voyez ce que je veux dire ? »

Mon patron est beaucoup plus jeune que moi. Il habite au Havre dans une drôle de maison un peu décatie, avec une fenêtre à encorbellement qui donne sur l'étendue de mer grise, parfois turquoise, parfois dorée, parfois kaki. Nous nous asseyons sur ce balcon suspendu, il étend le bras et s'écrie : « Voilà ! » La semaine dernière, il m'a emmenée manger des moules frites dans une guinguette sur la plage. En baissant les yeux, j'ai observé la façon crâne qu'avaient certaines frites de se loger bien droites entre deux galets. « Tombées, mais pas mortes », semblaient-elles revendiquer. « J'aime les galets, a-t-il dit. J'aime les guinguettes. » Il m'a regardée. « J'aime tout ce qui est vieux. » Il m'a tendu un livre. « Tenez, c'est pour vous. – Un cadeau ? – Non, il est à moi, je vous l'offre. » J'ai lu à l'envers sur la couverture *La princesse se lave*. Je l'ai aussitôt rangé dans mon sac. Il m'a donné mon enveloppe avec l'argent. Il me paie en liquide « À la papa ! s'exclame-t-il. Ha ! ha ! » Quel âge peut-il avoir ? Vingt-huit ans ? Trente-trois ?

Rentrée chez moi, j'ai sorti le volume et j'ai lu sur la couverture, à l'endroit cette fois : *La Princesse du Levant*.

Depuis une semaine, chaque soir en allant me coucher, je m'arme de mon livre. Et chaque soir, le titre m'apparaît différemment, comme si je l'avais mal lu jusqu'alors. *La Princesse de Levis*, *La Princesse slave*, *La Princesse si brève*. Je m'épuise tant à déchiffrer cette énigme que je m'endors sans avoir ouvert l'ouvrage. Je m'épuise tant que je ne parviens plus à me concentrer.

Ce matin, j'en ai eu assez. J'ai chaussé mes sabots, enfilé un pull sur ma chemise de nuit et pris mon carnet d'une main bien décidée. Quand je suis sortie, j'ai entendu le bouvreuil pivoine que je guette depuis plus de quinze jours. *Bir-liou-bliou-amour-amour-amour-bir-liou-bliou-amour*.

J'ai pensé au balcon posé sur la mer.

Le bouvreuil roucoulait, et moi je rêvais à mon patron, beaucoup plus jeune que moi et qui aime tout ce qui est vieux.

# Une leçon de vol libre

Golda avance sur le ponton. Ses amis sont restés en bas. Ils ont dit qu'ils voulaient la voir venir plutôt que de la regarder s'en aller. Ce sont des intellectuels. Ils s'expriment avec une précision qui, aujourd'hui encore, continue de la fasciner. Pourtant elle les connaît depuis l'enfance. Pierre, Michel, Isidora, Boris, Marianne, Albert.

Ils s'étaient rencontrés en Maison d'enfants, une sorte de colonie de vacances, bien que cette appellation ne soit pas la bonne et risque de donner une fausse idée des immenses dortoirs, pleins de courants d'air et d'yeux d'enfants légèrement trop ouverts, où ils dormaient l'été, et parfois aussi l'hiver. Des vacances qui duraient des mois, ou une année entière. Certains avaient perdu un père, une mère, leurs deux parents. D'autres étaient les vestiges d'une lignée ; les tantes, les oncles, les aïeux, les cousins, les vieux, les jeunes et même les bébés, partis en fumée. Certains des orphelins étaient des pièces uniques. Des échantillons. Ils n'avaient pas assez de doigts pour compter les morts et pas envie de le faire. Drôle d'époque. Appellation incertaine mais pratique et, de toute façon, Golda n'est pas à l'aise avec les mots. Elle a une belle carrière d'apparitrice derrière elle, ce qui n'est pas mal du tout. Une fois à la retraite, elle a repris contact avec les gens de la bande. Durant combien d'années s'étaient-ils perdus de vue ? Vingt, trente, cinquante. Des décennies comme des brassées de fleurs, légères, multicolores, si peu uniformes. Ils s'étaient retrouvés sans difficultés, sans trop d'émoi non plus, comme si leurs cœurs durs et farouches d'adolescents s'étaient gelés au moment de la séparation, gardant intacte la fraîcheur de leurs affections. Un médecin, un chercheur en astrophysique, un professeur de lettres, un directeur de conservatoire, une avocate, un dramaturge. Golda ne s'est pas laissé impressionner. Elle a douze petits-enfants. Qui dit mieux ?

Aujourd'hui c'est son anniversaire. Une surprise. Ils n'ont pu garder le secret jusqu'au bout. Comment justifier la visite médicale ? Le gâteau sera si lourd qu'il faut que nous soyons sûrs que tes artères sont lisses ? Le cadeau te plaira tant que nous devons tout savoir de l'état de ton cœur ? Marianne a tranché. « Nous ne sommes plus des enfants, alors au diable les enfantillages. On lui dit "Écoute, Golda, on a pensé qu'un baptême de saut à l'élastique serait un cadeau parfait pour tes soixante-cinq ans", et voilà. Pas la peine de tourner autour du pot. » L'assurance des avocats ! C'était si réconfortant, avait songé Michel, un peu amoureux. Ils étaient tous célibataires, comme à douze ans, sauf que certains avaient été mariés, puis veufs, veuves ou divorcés. Mais cela ne comptait pas. Il fallait regarder le présent, et l'avenir, surtout l'avenir. Comme à douze ans.

Golda avait adoré l'idée. « J'ai un cœur de jeune fille. Pas un milligramme de cholestérol. Et je n'ai peur de rien. Je n'ai jamais eu peur de rien. »

Elle s'avance sur le ponton qu'elle sent vaciller. Elle n'est pas la première à sauter. D'autres se sont envolés avant elle. En hurlant, en gloussant, en faisant des simagrées à n'en plus finir. Complètement hystériques, se dit-elle. Elle a décidé de faire preuve de l'immense sang-froid qui est le sien. Elle s'avance sur le ponton tranquillement, sans se tenir aux rampes auxquelles s'agrippent les bras tremblants pour seconder les jambes flageolantes. Le ponton, au-dessus du gouffre. C'est très beau. J'aime la nature, pense Golda, et son cœur se gonfle d'allégresse. Une petite larme peut-être, pour la gratitude, la joie de la roche, des eaux vertes, du ciel. Pour le souvenir des promenades au bord des gorges, que les moniteurs interdisaient. C'était l'été 1946. Pierre, Michel, Isidora, Boris, Marianne, Albert et Golda se levaient avant les autres, quittaient leur lit en glissant un oreiller sous leurs couvertures, s'aventuraient dans l'aube grise et rose, goûtant l'air de la nuit comme une récompense, privilège de ceux qui se lèvent tôt et se fichent que le monde leur appartienne en échange. Ils cheminaient sans un mot, sortaient du parc et se prenaient la main une fois sur la route. La farandole qu'ils formaient coupait bien vite à travers champs. Albert était le plus âgé. Les filles étaient amoureuses de lui. Mais ce n'était pas un amour exclusif. Lorsqu'ils fuyaient ainsi, échappant à la surveillance de leurs aînés, ils s'aimaient tous ardemment, leurs corps étaient unis comme ils ne le seraient plus jamais par la suite. Époux, épouses, amants, amantes ne connaîtraient rien de cette étreinte. À sept, ils ne faisaient qu'un. Ils allaient marcher au-dessus de l'eau, sur une corniche de cinquante centimètres. Leur jeu s'appelait « trompe-la-mort », sauf que personne ne prononçait ces mots. Ils étaient gravés sur leurs cœurs brisés, leurs cœurs vaillants. Ils auraient pu tomber. Si l'un d'eux avait trébuché, tous seraient morts. Ils n'avaient jamais été pris, jamais punis. Ils retournaient dans leur lit avant six heures, une main collée à l'entrecuisse, et se rendormaient ainsi, paisibles et épuisés comme après l'amour.

« Ça va, madame, pas trop peur ? » demande une monitrice en combinaison jaune et noir d'astronaute. Golda la dévisage. Quel accoutrement ridicule, et aussitôt, elle s'aperçoit qu'elle est vêtue à l'identique. Elle rit. « Pas trop peur ? » répète la jeune fille au bronzage sportif. « Non, je n'ai pas peur, répond Golda. Je n'ai jamais eu peur. » Personne ne la croit, bien entendu. Un jeune homme lui tend la main, au bout de la passerelle. Il lui sourit. Vérifie les sangles, les mousquetons, chaque attache avec une méticulosité qui la touche beaucoup. Puis il pose la main droite sur son bras et passe son bras gauche dans son dos, sans cesser de la regarder au fond des yeux. « Ça va ? » demande-t-il, le visage radieux. Golda ne répond pas. Elle se sent merveilleusement bien, rendue à sa jeunesse, éprise de liberté, éprise tout court. Mais ça ne va pas durer. Elle est venue pour sauter. Elle sourit sans découvrir ses dents, son petit sourire de bébé malicieux. Faut-il prendre un peu d'élan ? Quelques pas puis hop, sur le pied d'appel ? Le mystère de cette expression : pied d'appel. « Non, quand vous vous sentez prête, vous avancez vers l'horizon en regardant droit devant. C'est 100 % sécurisé. On a tout le temps. Surtout ne vous pressez pas. Seulement quand vous êtes prête. »

Je suis prête, pense Golda, et elle s'avance au-delà du ponton, dans le vide. Elle ne crie pas. Elle s'étonne.

L'élastique a lâché. C'est pour ça. C'est 100 % sécurisé et, malgré ça, l'élastique a lâché. Ça n'arrive jamais. Ça n'est jamais arrivé. Golda ne s'en rend pas compte tout de suite. Elle entend des cris au-dessus d'elle et un grand silence au-dessous. Le fond du gouffre se rapproche. Cela va un peu trop vite quand même. Elle tourne la tête et voit l'élastique à ses côtés qui se tord comme un serpent fou. Puis elle le voit sous elle, qui glisse le long de son corps, puis se détache. En baissant les yeux, elle l'aperçoit qui s'écrase en contrebas sur des aiguilles rocheuses. Mais elle ne se sent pas tomber. Elle n'a pas peur. Elle n'a jamais eu peur. Elle se concentre sur ce qu'elle sait des oiseaux, pense à son professeur de sciences naturelles au lycée Jules-Ferry, mademoiselle Larcin, en blouse marine face aux filles en blouse grise. Elle songe combien elle l'aimait. Le sentiment très fort que l'on développe parfois pour des personnes que l'on ne reverra jamais. À quoi cela sert-il, se demande-t-elle. Elle songe aux sentiments très forts que l'on continue d'avoir pour des gens qui ne sont plus. Ils sont morts et on continue de les aimer. À quoi cela sert-il ?

Les oiseaux ont un squelette très léger. Ils ont une bulle d'air au milieu du corps, du creux dans le plein et, quelque part, dans leur cerveau, ou bien dans leur ventre, se trouve un gyroscope qui sert à… comment dire, se diriger dans toutes les positions, abolir la notion d'endroit et d'envers, de haut et de bas. Leurs plumes lisses les aident à s'immiscer entre deux vents, ils volent par inadvertance. L'inadvertance du ciel qui oublie leur présence, ils volent par discrétion. Et c'est vrai, ça marche. Golda vole. Personne ne la croira, bien entendu. Personne ne la croira, même les gens qui l'ont vue. Ils inventeront des explications, réduiront son expérience à un hasard heureux, calculeront le rapport masse corporelle/vitesse du vent. Mais c'est plus difficile à faire comprendre. Comment y parvenir ? Golda s'imagine donnant un cours. « Pour voler, dit-elle, il suffit de projeter la tête en avant, un peu comme une tortue, si vous voulez, oui, ou une poule. On allonge la nuque. Les omoplates descendent dans le dos. Non, pas les bras en croix, ce n'est pas nécessaire, légèrement écartés le long du corps, comme ça, c'est bien. Les jambes tenues, mais pas raides. On a confiance, on se concentre et voilà, c'est très simple. On vole. »

# L'homme à la tête de hibou

« Le luxe sur les flots », c'était écrit sur le dépliant. J'avais lu et relu cette promesse des dizaines de fois, les pieds posés sur ma valise à moitié déballée, hésitant à verser une larme sur Bérénice qui m'avait quitté la veille à cause de ça, de la croisière ; mais sans doute avait-elle d'autres raisons. « Pour toi, ma chérie, lui avais-je dit, ce cadeau, le luxe sur les flots : cabine avec hublot, piscine, tennis, cuisine de chefs, bals costumés. » Bérénice avait refusé. « Ce n'est pas ce que j'appelle un cadeau, avait-elle déclaré. Un cadeau, on le paie. Ce voyage ne t'a rien coûté. » Elle me reprochait souvent mon avarice. « Vivre avec toi, c'est comme partager l'existence d'un comptable. » Elle ne savait pas ce qu'elle disait. Ma mère était comptable et elle reversait plus d'un tiers de son salaire à des œuvres.

Je n'ai rien déboursé pour embarquer à bord du *Galathée V*, certes. Je me suis contenté de répondre brillamment aux questions – pourtant épineuses – posées par l'animatrice de l'émission de divertissement la moins bien dotée du pays. J'ai remporté le gros lot : une croisière pour deux, « Le luxe sur les flots », et j'ai décidé de partager cette victoire avec ma bien-aimée, qui ne m'aime plus, bon. Dans quelques années, Bérénice et moi nous reverrons avec plaisir. Nous boirons un verre ensemble. Elle sera mariée… Non. Pas son genre du tout. Elle ne sera pas mariée, mais elle aura un enfant. Elle m'en parlera et sera étonnée de constater combien je m'y intéresse. Notre relation n'a pas duré assez longtemps pour qu'elle découvre ce trait surprenant de mon caractère : j'aime beaucoup les enfants. Je n'en aurai cependant pas moi-même parce que…

Voilà les pensées qui s'enchaînaient languissamment dans mon esprit, au rythme du doux roulis, alors que je me présentais, avec quelques minutes de retard, au dîner inaugural du *Galathée V*.

*

Toutes les tables sont occupées. Plusieurs centaines de cercles enjuponnés de coton blanc accueillent des clubs du troisième âge, des amoureux main dans la main, des familles en tous genres : rougeaudes et hirsutes, hâves et silencieuses, blondes et toniques, brunes et joyeuses. Les enfants se tiennent admirablement bien, très droits, « Un chat derrière, un rat devant », disait ma grand-mère en glissant sa main pour vérifier l'espace entre mon dos et le dossier de la chaise, puis entre mon ventre et le bord de la table. Le maître d'hôtel m'indique une place libre – la seule – face à un homme en costume trois-pièces, aux yeux fixes de hibou. Je proteste. Inutile, nous sommes les deux seuls célibataires sur deux mille six cents passagers. Durant une semaine, nous allons former un couple. Je m'assieds à contrecœur, décidé à ne pas adresser la parole à l'oiseau de malheur. Il ne me regarde pas, n'incline même pas la tête. Je suis invisible. Au bout de quelques minutes, un serveur en livrée blanche à épaulettes et brandebourgs dorés dépose devant moi une assiette rectangulaire garnie de verrines. Ma gourmandise s'éveille. Mes épaules se détendent. Je suis prêt à goûter « le luxe sur les flots ». La source naissante de mon plaisir tarit cependant à la vue de ce que le jeune homme aux galons d'or présente à mon vis-à-vis. « Monsieur désire-t-il une coupe de champagne pour accompagner son béluga ? » L'homme à la tête de hibou ne daigne pas répondre. Il congédie le serveur d'un clignement de ses yeux immobiles et plonge une minuscule spatule en nacre dans le monticule de perles grises.

Pourquoi lui ? Pourquoi pas moi ? La question me coupe l'appétit. Je décèle une infime lueur dans ses prunelles à la première bouchée. À la suivante, nos regards se croisent enfin. Il pose sa cuillère, s'essuie les lèvres et me dévisage longuement. Il doit avoir l'âge de mon père, mais paraît à la fois beaucoup plus jeune et beaucoup plus âgé.

« Quelle prison, n'est-ce pas ? » dit-il en baissant d'un coup les yeux.

Je pense qu'il parle du *Galathée V* et conviens qu'il n'a pas tort. Quoi qu'il arrive, nous resterons à bord. Interdiction de sauter, impossible de s'échapper. La sentence est fixée à six jours. J'ai lu quelque part que le navire était équipé d'une morgue en cas de décès durant la traversée.

« Être soi », poursuit-il après un silence.

Puis de nouveau, en me regardant.

« N'est-ce pas ? »

Je fronce les sourcils. Il s'explique.

« Être soi, et rien que soi. Ne pas pouvoir quitter l'enveloppe, ni se débarrasser du contenu. Être soi, quelle prison, vous me suivez ? »

Il n'attend pas ma réponse.

« Être l'autre, voir par ses yeux, rêver ses rêves,

faire ce qu'il fait, posséder ce qu'il a. On aimerait ça, non. Vous n'aimeriez pas ? »

En prononçant ces paroles, il tend la petite spatule de nacre vers ma bouche, comme s'il avait l'intention de me nourrir, avant de la retirer d'un geste vif et d'engloutir une bouchée de caviar en écarquillant les yeux. Un fou, me dis-je. Être à table avec un cinglé, voilà la vraie prison. Je regarde autour de moi, cherchant quelqu'un à qui me plaindre.

« À votre place, reprend-il, j'écouterais ce que j'ai à vous dire. Il y a si peu de bonnes histoires et on s'ennuie si douloureusement sur ces forteresses flottantes. C'est votre première croisière ? Ça se voit. Vous aimez le béluga ? Je voyage toujours avec ma réserve personnelle. On mange si mal en voyage. Quel rafiot miteux, ce *Galathée*. Les croisières ne sont plus ce qu'elles étaient. Rien n'est plus comme… vous en voulez ? »

Il pointe l'index vers son assiette et le bol en cristal encerclé de glace pilée qui s'y trouve. Du caviar. J'ignore quel goût ça a. Je ne suis pas amateur de poisson. Sans attendre ma réponse, il fait signe au garçon.

« Le hasard, vous y croyez, vous ? demande-t-il d'une voix haut perchée. Personnellement, je ne comprends même plus le sens de ce mot. Vous êtes là, à ma table, nous mangeons la même chose, vous avez l'âge que j'avais, vous êtes tel que j'étais – la fortune en moins. Vous ne vous considérez pas comme pauvre, mais soyons honnêtes, vous l'êtes. Un détail, selon moi. La plupart des gens y verraient une différence considérable, mais nous savons parfaitement que notre histoire n'a rien à voir avec l'argent. C'est ailleurs que ça se passe. Ici » Il pose la main sur sa poitrine, à l'endroit, je suppose, de son cœur. « Ici, répète-t-il. Une étreinte, un creux, une souffrance dont les autres n'ont pas idée. Ça commence très tôt, dès l'enfance. On ne s'habitue pourtant jamais. »

Notre histoire, a-t-il dit. La sienne et la mienne. Je reconnais là quelque chose et, à mon grand étonnement, un lien serré, une entrave qui me broyait les côtes cède brutalement.

« Pour moi, tout à vraiment débuté à l'élémentaire », poursuit-il. Il a écarté son assiette pour parler plus à son aise, légèrement penché vers l'avant. Il me souhaite un bon appétit, me sourit, et, sans que j'aie besoin de manifester la moindre curiosité, plonge dans ses souvenirs. « J'étais en neuvième. C'est ainsi que l'on appelait le CE2 à l'époque. Nous venions de déménager. Nouvel appartement, nouveau quartier, nouvelle école. Je n'avais pas été prévenu. Ce n'était pas le genre de la maison. Un matin, je me réveillais dans un lit, le soir même, je m'endormais dans un autre. Véronika, la jeune femme qui s'occupait de moi, m'a fait visiter mes quartiers, la chambre emplie de jouets, la salle de bains et ses robinets d'or, la cuisine laquée, impeccable, où ne mijoterait jamais le moindre plat. Personne ne cuisinait chez nous. Nous mangions… Oh peu importe ce que nous mangions. Je m'égare. Imaginez six cents mètres carrés de parquet, de marbre, de colonnes, de moulures, de trompe-l'œil, de tentures ; des fenêtres comme des vitraux de cathédrale, des plafonds ornés, sculptés, des tapis épais, des trophées de chasse, un lion entier empaillé. Bof. Mes parents n'étaient pas des esthètes. Ma nouvelle école était à deux rues de chez nous ; un établissement public – lubie de ma mère qui aimait s'encanailler en se livrant à des dérives égalitaristes. Arrivé en cours d'année, j'ai été conduit dans ma classe par le directeur. Le maître m'a indiqué un pupitre sur la droite. “Va t'asseoir à côté de Da

Silva." Mon futur voisin m'a accueilli avec un large sourire et a écarté ma chaise afin que je m'installe confortablement. Paulo sentait la lessive. Ses cheveux drus et bruns étincelaient sous les néons. Les manches trop courtes de son pull bleu pétrole laissaient apparaître des poignets fins et dorés, et de longues mains délicates aux ongles parfaits. Je dissimulai aussitôt mes pattes gauches et rougeaudes aux ongles rongés sous la flanelle de mon pantalon. Les jeux étaient faits. »

Il se tait, sort une fiole de la poche intérieure de sa veste, boit une rasade d'un liquide visqueux à l'inquiétante couleur verte, se lève de table sans ajouter un mot et disparaît derrière les portes en verre sablé à montants d'acajou.

Je termine consciencieusement mon caviar et le sien. Je ne saurais dire si le goût me plaît. Quelle prison ! Attendre la suite d'une histoire ; la voilà, la véritable captivité.

*

Le deuxième mouvement m'est livré sur un transat. Soleil blanc. Vent en rafales. Boucan infernal. Ponts désertés par les badauds. Plusieurs centaines de mètres de planches grisâtres, du bois dur que j'imagine salé. J'ai mal dormi, convaincu d'un naufrage imminent, les mains collées l'une contre l'autre sous ma joue, cherchant le réconfort que je trouvais enfant dans cette posture consacrée.

Calés dans nos chaises longues voisines, nous plissons les yeux, aveuglés par la lumière et la brise marine. Nos couvertures volent, l'air nous décoiffe, sa cravate me gifle, la fumée de sa cigarette envahit mes narines. Nous faisons comme si de rien n'était. Le stoïcisme est notre affaire. C'est un des éléments de l'histoire, de notre histoire.

« Facile ! » s'exclame-t-il, à peine assis à mes côtés. « Facile ! » répète-t-il, un ton au-dessus, craignant que le vent n'ait couvert sa voix. Le reste du récit, il doit le hurler. « Vous avez deviné, n'est-ce pas ? La nuit porte conseil. Elle vous a dévoilé l'intrigue trop simple pour être fausse. Da Silva est portugais. Ses parents sont concierges. Dans quel immeuble ? Inutile de répondre. Une tarte à la crème pareille, ça ne se déguste pas, on s'en goinfre et voilà. Paulo est mon voisin de pupitre et mon voisin du rez-de-chaussée. Nous partons ensemble le matin et rentrons ensemble à quatre heures et demie. Nous ne restons pas à l'étude ; sa mère, la gardienne, est toujours là, dans l'escalier ou dans sa loge, à préparer des petits flans à la crème ou des boules de pâte d'amande fourrées au jaune d'œuf cru.

« Sa mère, mon premier amour, toute en sourcils et en seins, une dent en moins juste à la commissure des lèvres quand elle sourit. Très vite, j'ai envie de l'embrasser là, juste là, sur ce trou, d'y glisser ma langue. Je voudrais qu'elle ne cesse jamais de sourire. "Remarquable, disent d'elle mes parents, à ma tante Marie-Emmanuelle venue prendre le thé un dimanche. Une femme remarquable. Propre comme tout. Et son garçon, le petit Paulo, si poli, premier de la classe. Tu devrais prendre exemple sur lui, mon chaton", me dit ma mère qui ne me caresse jamais.

« Je passe mes fins d'après-midi entre le fourneau toujours chaud et la télé toujours allumée de la loge. Je m'extasie sur la finesse des napperons crochetés à la main qui ornent les meubles, soulignent chaque bibelot. Un jeudi – à l'époque c'était le jeudi, le jour dit "des enfants" – j'invite Paulo chez moi. "C'est grand, dit-il.

Tu as combien de jouets ? – Quatre mille deux cent quarante-six.” Véronika nous apporte des Choco BN sur un plateau d’argent. Nous nous ennuyons pour la première fois ensemble. D’un commun accord, il est décidé que nous ne monterons plus au deuxième. Mi-novembre, pour mon anniversaire, ma mère organise un goûter. Sont invités Victor et Charles, mes cousins, Quitterie, Bertille et Solenn, mes cousines. Paulo est convié par surprise. Maman est fière de son idée, de son sens de la démocratie, de son absence de préjugés. Personne n’adresse la parole au fils de la concierge. Je ne le vois pas quitter la fête. “Il n’a même pas goûté au gâteau”, regrette ma mère en contemplant une part intacte d’opéra, la plus récente création de Gaston Lenôtre. Ce n’est pas la fin de notre amitié, au contraire », commente mon compagnon de traversée.

Une goutte d’eau salée, trop chaude pour venir des flots, s’écrase sur mes lèvres. Qui de lui ou de moi a versé cette larme ?

*

Le troisième volet se déploie dans des vapeurs de whisky. Nous nous sommes donné rendez-vous au Poséidon, le bar du pont 5, aux murs ornés de panneaux composés de faux livres anciens. Une fois de plus, nous sommes seuls. Il est quatre heures de l’après-midi, les familles bronzent, dorment, font leurs emplettes, lèchent des glaces au bord de la piscine ; les amoureux font l’amour.

« Gentil, mais gentil ! murmure l’homme au complet. Paulo, un cœur tendre, un frère. Et moi ? Moi, je ne comprends pas ce qui m’arrive, je suis la proie de sentiments beaucoup trop violents pour mon jeune corps et ma jeune tête. Je dis que c'est mon meilleur ami, je l'admire, je suis fier de le connaître, mais dès qu'il a le dos tourné, je lui vole ses billes ; si nous sommes en compagnie d'autres enfants, je me détourne de lui, je le méprise, je l'humilie. Jamais il ne m'en fait grief. Il hausse placidement les épaules et s'éloigne. Il m'accepte tel que je suis, comme s'il savait, comme si la douceur était devenue chez lui une forme d'intelligence, autorisant une tolérance extrême.

« L'été nous sépare. Paulo reste à Paris, je m'envole vers San Francisco, le Nouveau-Mexique, des îles radieuses aux lagons d'émeraude, j'envoie des cartes postales passionnées, lyriques. À mon retour, je trouve les réponses que Paulo a glissées sous notre paillasson en mon absence. Il a peu de chose à raconter, mais il y met son âme. Je parcours ses missives d'un œil aussi distrait que possible. Le vide de son existence m'étreint et aiguise encore ma douleur, la douleur, vous l'avez compris, mon cher miroir, mon cher ami, la douleur de ne pas être lui, de ne pas passer l'août à bâtir des châteaux de cartes aux pieds d'une mère aux chevilles alertes, chaussée de pantoufles, vêtue d'une blouse à fleurs qu'elle porte à même ses dessous et qui laisse apparaître la divine fourrure de ses aisselles. La douleur de ne pas connaître Paris désert sous le soleil, les rues sans voitures où l'on joue au football contre un mur, la grenadine à l'eau, assis sur les marches du grand escalier où il fait toujours frais et dont on peut enfin profiter, presque comme d'une terrasse ombragée, parce que tous les propriétaires sont absents. Ils ont laissé leurs clés à madame Da Silva, et Paulo court d'un appartement à l'autre pour arroser les plantes, faire la poussière. "J'aide maman", m'écrit-il, et la tendresse de cette déclaration achève de me ronger. »

L'homme à la tête de hibou commande deux autres verres, joue avec les glaçons, sourit au lustre à pendeloques, puis s'emporte soudain. « Mais allons, allons ! Je n'ai pas toute la vie et vous connaissez aussi bien que moi la chaleur des complicités enfantines qui parfume si agréablement les trahisons petites et grandes. Nous passons trois ans ainsi, Paulo et moi, main dans la main, à mener de conserve nos vies inconciliables. Il m'arrive, durant cette période, de m'éveiller en sursaut, en pleine nuit, couvert de sueur, pénétré de la certitude inébranlable qu'une fin terrible nous attend, lui et moi, lui ou moi, plutôt lui que moi. Des envies de meurtres, délicatement maquillées, m'assaillent. C'est mon meilleur ami, me dis-je en boucle afin de calmer mon sang. En sixième, mes parents m'envoient au pensionnat. Je pleure de tristesse et de soulagement. Je perds Paulo, mais, avec lui, disparaît le trouble qui m'habitait et dont j'ignorais la source, la destination et la nature. Je me crois possédé. Je suis libéré. Pour quelques années, en tout cas. »

Nous n'évoquons plus Paulo durant le reste de l'après-midi, ni pendant la soirée. C'est une trêve qui s'apparente, je le crains, au proverbial calme avant la tempête. Au dîner et au bal qui suit, nous rions comme deux enfants. Nous invitons à danser les femmes dont les maris ont préféré se rendre au cercle de jeu ou au casino. Je fais mes débuts, aidé par les conseils de mon camarade, dans la pratique délicate du paso doble. « Bonne nuit, dormez bien et, surtout, faites de beaux rêves », me dit-il vers trois heures du matin en me raccompagnant à ma cabine. Je sais que j'aurai du mal à trouver le sommeil. Je contemple les étoiles par le hublot taché de sel. À travers cette surface souillée, le ciel est mort, illisible ; une peau terne et grêlée s'est substituée à la voûte céleste. Quelque chose dans ce tableau raté m'évoque ce que je suis, ce que j'ai toujours été, et les propos de mon acolyte me parviennent avec la même régularité que les vagues qui cognent contre la coque. Tous les sentiments qu'il décrit, je les connais. La fascination amicale qui se change en envie de meurtre, le désir d'être l'autre qui se confond avec un souhait violent de le voir anéanti. On est alors criminel et endeuillé dans le même mouvement. Être triste, triste et pouvoir d'autant moins être consolé qu'on se sait coupable et pathétique, qu'on aurait honte d'en parler à qui que ce soit, et que ce qui répond le plus précisément à l'estime que l'on a pour l'ami jalousé est le dégoût que l'on ressent pour soi-même.

Je m'endors pourtant, dans une sueur malade, égrenant les visages et les noms de tous ceux que, en pensée, j'ai tués.

*

Au quatrième acte, le tapis vert d'un billard recueille les murmures presque inaudibles de mon compère. Nous avons accepté une partie avec deux frères irlandais d'une quinzaine d'années qui jouent beaucoup mieux que moi et, dans un premier temps, me semble-t-il, bien mieux aussi que le second membre de mon équipe.

« Le temps passe. J'adore cette phrase. Pas vous ? Tellement rassurante, comme si rien, à part lui, n'avait passé, ni ne s'était passé. Années mornes de pensionnat. Jamais je ne pense à lui. J'ai de nouveaux objectifs. L'amour. Je suis beau, je suis riche, je couche très tôt, trop tôt sans doute, avec des femmes, des vraies, certaines qui pourraient être ma mère. Je leur fais un effet extraordinaire. Durant quelques années, j'ai l'impression de posséder un pouvoir magique. Pas le temps d'aller en cours. Le bac, c'est comme le reste, ça s'achète. La suite est banale. Grâce à la fortune de mon père, doublée de celle de ma mère, je deviens… enfin vous voyez. Costume, costume, costume. Grandes années du pétrole, spéculation sur la chute de l'or noir prévue de longue date par mes experts ; immobilier – des tas d'immeubles avant tout le monde, j'adore ; les femmes toujours, mais quoi, on en a vite fait le tour, devant, derrière, en haut, en bas. Je serais en âge de me marier. Papa et maman n'attendent que ça. La fille de ma cousine Bertille me plaît bien. Seize ans et demi, ça changerait. Mais je ne me décide pas. Et puis le destin, toc, toc, toc, le destin vient frapper à ma porte. »

Ayant dit ces mots, il prend la main et fait disparaître une à une, et dans l'ordre qu'il avait préalablement indiqué, les boules de couleur qui jonchaient le tapis. Les adolescents quittent la table, dégoûtés.

« Ou plutôt, c'est moi, précise-t-il. Moi qui viens frapper à la porte du destin. Aux alentours de la gare de Lyon, un passage privé, un genre de cour, des ateliers. Que fais-je à traîner dans ce quartier ? Un train raté, une grève ? Je ne me rappelle pas. Je me souviens de l'odeur du bois, du parfum acide et chaud de la sciure. Je contemple un tas de planches comme s'il s'agissait d'une œuvre d'art. Un homme se tient sur le seuil de la menuiserie, il me sourit. "Vous désirez un renseignement ?" Sa voix n'a pas changé. Quelques fils blancs dans ses cheveux toujours drus, sa crinière magnifique. Je passe une main glacée et tremblante sur mon crâne dégarni. J'envisage de rebrousser chemin, mais c'est trop tard, il m'a reconnu. Des larmes perlent à ses yeux. "Entre, viens boire un coup. Tu es ici chez toi." Quelques minutes plus tard, trois enfants déboulent. Bruns, vifs, lustrés par le bonheur. Deux garçons et une fillette qui se pendent au cou de leur père, réclament des baisers, des câlins, me serrent poliment la main. Paulo me présente comme son meilleur ami. "Je dois y aller, lui dis-je. – Non, attends, tu ne peux pas partir comme ça, il faut que je te présente Sylvia, ma femme, je lui ai tellement parlé de toi." Il aurait été très facile alors de prétexter un rendez-vous, mais la curiosité l'a emporté. Et l'espoir aussi. L'espoir que dans cet atelier minable qui sert également de cuisine à la famille, et peut-être de chambre aux parents, règne une mégère aux mollets lourds, au teint gris, au corps usé, un tas de chairs molles gouverné par un esprit obtus. Sylvia Da Silva, un pléonasme sur pattes… Ou une princesse de sang. Vous vous rappelez Claudia Cardinale dans *Il était une fois dans l'Ouest* ? Vous êtes trop jeune pour avoir vu ça, mais vous pourrez toujours le louer au vidéoclub pour vous faire une idée. La malice et la tendresse dans les yeux, le peau au grain si fin, si serré, qu'une lueur suffit à l'illuminer, un corps comme on n'en voit plus de nos jours, avec des jambes qui savent courir, des bras qui peuvent porter plusieurs enfants en même temps, des mains qui pétrissent. L'ancien modèle, quoi.

« Sylvia m'aime beaucoup. Souvent, en passant, elle me caresse la joue. Elle m'appelle "mon pauvre chéri" parce que je n'ai pas de femme ni d'enfant. Dès qu'elle pose la main sur moi, je crois mourir. Qu'auriez-vous fait à ma place ? »

Nous nous quittons sur cette question. Au dîner, il est d'une humeur si noire que nous n'échangeons pas un mot. Nous mangeons en silence comme un vieux couple.

*

Je redoute de le retrouver à dix heures trente, le lendemain, au bord de la piscine à vagues. Ce que j'aurais fait à sa place, j'y ai pensé toute la nuit, j'en ai rêvé, même. Sauf que je n'ai ni le physique ni l'argent. Sylvia Da Silva serait restée blottie contre le fils de la concierge et moi… moi, je me serais tué.

« La fidélité, ça n'existe pas, vous savez, déclare-t-il en resserrant la ceinture de son peignoir – nous ne sommes pas là pour nous baigner. Une femme qui ne trompe pas son mari, c'est soit parce qu'elle a peur, soit parce qu'elle l'aime. Dans un cas comme dans l'autre, on ne peut parler de fidélité. Vous me suivez ? Celle qui a peur trompe en pensée, et celle qui aime n'a aucun mérite. Sylvia appartenait, vous vous en doutez, à la seconde catégorie. Elle aimait Paulo, elle aimait ses enfants, elle aimait son travail… Qu'est-ce qu'elle faisait, d'ailleurs ? Je ne me rappelle plus. De toute façon, elle a très vite arrêté quand elle s'est retrouvée avec moi. Mais je brûle les étapes.

« Une femme aime son mari. Vous aimez cette femme. Elle ne vous aime pas. Vous ne pouvez vivre sans elle. Que faites-vous ? Vous attendez. J'ai passé ainsi quelques années à jouer les tontons honoraires : somptueux cadeaux à Noël, pièces de monnaie glissées à la fin du dîner hebdomadaire dans les mains chaudes, moites et reconnaissantes des enfants, souvenirs rapportés de voyage. L'amitié entre Sylvia et moi grandit sous le regard ému de Paulo. Il n'a pas tort de se réjouir, car les sentiments presque fraternels qui nous unissent, sa femme et moi, nous protègent terriblement bien du genre de rapprochement que j'espère. Alors, quoi ? vous demandez-vous. Comment s'est opérée la bascule ? Comment l'impossible, comment l'impensable sont-ils advenus ? Vous aimez le suspense ? » fait-il avant de retirer son peignoir d'un geste leste et de plonger dans les vagues artificielles.

Il disparaît sous l'écume et réapparaît quelques mètres plus loin. Son crawl puissant et immobile détonne parmi les jeux, les cris et les tourbillons des enfants. Il nage obstinément, droit devant lui, à contre-courant, lancé vers l'horizon proche et pourtant inaccessible de céramique bleue. Je descends me reposer dans ma cabine. Mais quel repos trouverai-je à présent ? Ce qui me tourmente n'est pas le suspense mais plutôt son opposé, la certitude d'une fin mauvaise. Nos vies, pensé-je, nos vies d'envieux ne débouchent que sur des tragédies. De vie, cela dit, nous n'avons point. Le tissu de nos existences est lacéré, mité, garni de manque, constellé de trous. Je remarque cependant que depuis quelques jours, depuis ma rencontre avec cet homme, depuis qu'il a entrepris de me livrer son récit, je respire plus librement, je ne songe à personne en particulier, n'observe rien, ne m'inquiète pas. Je n'espère aucune amélioration, ne suis taraudé par aucun but à atteindre, aucune place à prendre. C'est une sensation si neuve que je commence seulement à l'identifier. Je tire de ma poche la fiole de liquide vert et visqueux que mon compagnon m'a confiée, deux jours plus tôt, en me conseillant de ne pas en abuser. J'en avale deux grandes rasades.

S'ensuit une sieste d'une durée indéfinie, peuplée d'araignées géantes en cuir et de taupes sans poils cheminant en funambules sur des fils à couper le beurre qui leur tranchent les pattes.

*

Je suis réveillé par des coups frappés à ma porte. Est-ce le jour, est-ce la nuit ? J'ignore même, durant quelques secondes, que je suis à bord d'un navire. J'ouvre enfin et reçois des mains d'un garçon de cabine un message urgent. C'est en tout cas ce qui est écrit sur la feuille pliée en quatre posée sur le plateau d'argent.

*Impossible venir dîner. Migraine. Maux divers. Vieillesse foudroyante. Grande envie d'en finir.*

« Quelle heure est-il ? demandé-je au garçon.

– Vingt-trois heures, monsieur, avoue-t-il désolé. J'ai dû attendre la fin du service pour vous le porter.

– À quelle heure vous l'a-t-on confié ?

– Il devait être dix-huit heures trente. »

Voilà comment on traite l'urgence sur le *Galathée V*. Mon ami a bénéficié de plus de trois heures pour se jeter par-dessus bord. Manquant de renverser le jeune homme déconfit, je me lance dans la coursive, grimpe deux étages, emprunte les couloirs qui mènent aux premières, tape le code d'entrée, ne retrouve plus le nom de la cabine – Cristal ou Topaze ? Je frappe aux deux, personne ne répond. J'essaie toutes les portes. Une femme en robe de chambre finit par m'ouvrir, je la repousse d'une main et m'enfuis en courant dans l'autre sens. Je parcours le bateau ainsi, sans reprendre haleine. On me prend pour un fou. Je me fais sermonner par le personnel. On me recommande prudence et discrétion. On me fait comprendre que mon attitude n'est pas acceptable, on insinue que certains moyens de rétorsion sont susceptibles d'être employés à mon encontre. Je suis l'Amok de la croisière. Je feins l'ébriété passagère et poursuis mes recherches plus discrètement. Vers cinq heures du matin, à bout de forces, je m'écroule sous l'escalier du pont 4. Mes épaules sont secouées de frissons. Je m'endors, les poings serrés sous la poitrine.

*

Dans mon sommeil, j'entends une voix. Le jour se lève à peine, je n'ai que très peu dormi. Tout mon corps est douloureux, raide. Pinocchio à l'envers, faisant le trajet de la chair au bois, me voici inanimé, incapable d'ouvrir mes paupières sèches.

« Alors oui, bien sûr, coup de pouce, deus ex machina, appelez ça comme vous voulez, fait la voix à présent familière, à la fois proche et très lointaine. Il faut bien que parfois la chance nous sourie, à nous aussi. »

Le conteur marque une pause, comme s'il attendait de ma part une question que mes lèvres n'ont pas la force de poser.

« Leur benjamin est subitement tombé malade, très malade. Les médecins se contredisaient, l'enfant dépérissait. Il perdait du poids, des cheveux, le blanc de ses yeux ne luisait plus. J'ai avancé l'argent des consultations chez les grands professeurs, proposé de transférer le petit dans une clinique privée. Au début, avouons-le, j'agissais par pure bonté d'âme, sans la moindre arrière-pensée. Mais quand il a été question d'un traitement à l'étranger, de frais non remboursés, d'hospitalisations à rallonge et d'allers-retours en avion, je me suis mis à voir les choses autrement. Si Faust avait succombé, pourquoi pas Sylvia ? Des années passées dans le monde des affaires m'avaient appris qu'il faut toujours donner une chance au marché. L'offre était simple, quelques minutes au café ont suffi. “Tu viens avec moi. Tu laisses tout derrière, ton mari, tes enfants, tu ne donnes ni explications ni nouvelles, tu disparais, et moi, je mets l’intégralité de ma fortune au service de ton fils. – Et si je refuse ?” demande-t-elle. Je claque des doigts. Elle comprend. Nous savons tous deux l’enfant condamné en l’absence de traitement. “Tu n’as pas de cœur, dit-elle. – Comment ? Moi, pas de cœur ? Mais tout ce que je fais là, c’est par amour, par amour pour toi !” Elle éclate de rire, un rire comme un brame. Elle sait qu’elle n’a pas le choix.

« Je lui ai tout offert, des bijoux, des robes, une voiture avec chauffeur. Nous vivions à moins de six kilomètres de son ancien domicile, mais sa nouvelle vie était complètement coupée de l’autre. Elle s’adaptait bien. Blanche-Neige, Peau-d’Âne, vous vous souvenez ? La princesse en haillons ? C’était elle. Je crois pouvoir dire que je l’ai révélée. Comment ? Pardon, je n’ai pas bien entendu, vous voulez savoir si le sexe était compris dans la transaction ? »

Il me secoue l’épaule. Je n’ai rien dit, je ne l’ai même pas pensé.

« Oui, bien sûr, sinon, à quoi bon. Nous couchions ensemble tant que je voulais, très bien, trop bien. Assez rapidement je l’ai soupçonnée de penser à lui quand elle était avec moi. J’ai perdu goût à la chose. Je suis cependant parvenu à retrouver une belle motivation quand j’ai commencé à passer un soir sur deux chez Paulo. Je m’étais chargé de la lettre d’adieu. Un joyau. Sylvia écrivait qu’elle n’avait pas le courage d’affronter la maladie de leur enfant, elle préférait s’éloigner et il était inutile qu’il cherche à la retrouver. Paulo n’y croyait pas, il était certain qu’elle était partie pour tenter de réunir l’argent nécessaire à la guérison. Je le laissais se raconter des fables et signais des chèques. Il m'embrassait les mains, pleurait sur mon épaule, me disait que j'étais son seul soutien, un ami comme il n'aurait jamais cru qu'il en existât. De retour chez moi, je me répétais ses paroles et retrouvais la fougue des débuts avec Sylvia.

« De son côté, elle se comportait avec toute la dignité, la froideur et la ténacité imaginables. Elle accueillait les nouvelles concernant la santé de son plus jeune fils – succès d'une greffe, infection contractée suite à l'hospitalisation, sortie des soins intensifs, reprise de poids, rechute, nouvelle opération – avec un calme et une concentration qui me hérissaient le poil. Quand je lui donnais le détail des sommes versées par mes soins, cela la laissait parfaitement insensible. Je ne l'en admirais que davantage. Un jour de printemps pourtant – cela faisait huit mois que durait notre arrangement – elle a paru fléchir, ses traits étaient tendus, sa mâchoire serrée. "Qu'y a-t-il, mon cœur ? ai-je demandé. Tout ce que tu voudras, je te l'offrirai. Parle, et tu seras exaucée." Elle désirait revoir ses deux grands, même de loin, même sans leur parler, à la dérobée, les voir rien qu'un instant. Elle en mourrait si je ne réalisais pas son souhait. Je l'ai crue sur parole, mourir de chagrin était tout à fait à sa portée. Je l'ai accompagnée moi-même, dans un véhicule aux vitres fumées. Nous avons stationné face à l'école à l'heure de la sortie. Dès que la grande porte en bois s'est ouverte, Sylvia s'est mise à trembler. Tout son corps, de la tête aux pieds, vibrait comme les ailes d'une phalène près d'une source de chaleur. Elle se tordait sur son siège, craignant de les manquer parmi le flot des écoliers. Quand ils sont enfin apparus, elle s'est cambrée d'un coup, les mains agrippées au siège ; elle semblait près de bondir. J'avais clairement établi que si elle se montrait, c'en serait fini pour le petit dernier. Les gamins étaient là, sur le trottoir, à quelques mètres d'elle. Ils attendaient leur papa, leur papa qui était en retard. Quel dommage ! Peu à peu, le parvis de l'école est redevenu désert. Il n'y avait plus que les enfants de Paulo et Sylvia, serrés l'un contre l'autre, les yeux pleins de larmes. Sylvia sanglotait en les regardant. Nous sommes restés ainsi plus d'une heure, à les espionner de l'autre côté de la vitre. Quand la police est arrivée, Sylvia m'a demandé d'une voix blanche de démarrer.

« À la maison, elle m'a griffé, mordu, nous avons roulé sur le tapis de l'entrée, enlacés, luttant. Sa force m'a effrayé. La détresse maternelle lui conférait une puissance formidable. J'ai senti qu'elle serait capable de me tuer. Quelle belle fin ! Mourir sous les coups de ma bien-aimée. Mais elle était plus maligne que ça. Elle a cessé brutalement, s'est dégagée, défroissant sa robe, arrangeant ses cheveux et m'a très calmement annoncé son départ. "Tu sais ce que ça signifie ?" lui ai-je rappelé, claquant des doigts. Elle n'avait pas assez de pitié pour me répondre. Elle a haussé les épaules en me jetant un regard où la haine le disputait au mépris. »

Il se tait. Je me redresse sur un coude, parfaitement réveillé.

« Et alors ? dis-je.

– Alors, quoi ?

– Que s'est-il passé ensuite ?

– Je n'en sais rien.

– Elle est retournée chez elle ? Qu'a-t-elle raconté à son mari ? Et leur fils, il a guéri ?

– Qu'est-ce que vous voulez que ça me fasse ? C'était moi le plus malade de tous. Moi qui souffrais le plus amèrement. Et qui s'en soucie ? Vous êtes un pauvre type. Je vous ai surestimé. J'ai cru que vous sauriez me comprendre, mais vous êtes comme les autres, une mère qu'on torture, un enfant qui meurt et vous sortez votre mouchoir. La banalité des émotions humaines est consternante, mon ami, consternante. »

Alors qu'il prononce ces mots, un ruban plus dense et plus sombre que les flots apparaît à l'horizon nimbé d'une écharpe de brume. Je me lève, éberlué de revoir la terre, bouleversé et surpris de sentir combien elle m'a manqué. Je pointe l'index vers l'ouest, imitant sans le savoir le geste de plusieurs centaines de passagers réveillés à l'aurore par un sentiment indéfinissable, une sensation plutôt, un appétit, une envie. « Regardez », dis-je, mais personne ne m'entend. Ma voix est noyée dans la sirène pompeuse et réconfortante du navire. Je regarde autour de moi. Je suis seul. Je me précipite vers le bastingage et baisse les yeux vers l'eau marine coiffée d'écume blanche, très loin, en contrebas. Je voudrais appeler, mais j'ignore le nom de l'homme à la tête de hibou.

# Lettre ouverte

Je m'appelle Solange Zitomer. Il y a eu un article dans le journal. La photo avec le perron et les gens qui font la queue dans la rue. Mais peut-être ne l'avez-vous pas remarqué. Peut-être que mon nom ne vous dit rien. Dans ce cas, mieux vaut que je commence par le commencement.

Je suis arrivée sur l'île par hasard ou, plus exactement, par le hasard d'un amour. Mon petit ami de l'époque (c'était il y a très longtemps) avait loué une maisonnette pour les vacances de février. Il neigeait à Rochefort, il neigeait à Marennes. À la moitié du pont, la neige s'est arrêtée de tomber. J'ai dit « Quel dommage » et Yves, mon ami, a dit : « T'as vu, y a un microclimat. C'est génial, non ? » J'ai levé les yeux vers le ciel, noir derrière nous, bleu au-devant.

La clé était dans le pot de fleurs, comme le monsieur nous l'avait précisé. Yves était fasciné par le perron. « Regarde, ces marches usées, moussues, qui descendent directement dans la rue. Y a pas de trottoir ici. C'est ça qui est bien. Je déteste les trottoirs, putain. » Sa faculté d'indignation m'avait toujours fascinée. C'est peut-être même à cause de cela, de ce détail un peu pathétique (car il ne s'indignait jamais que de choses stupides) que je suis tombée amoureuse de lui. J'aurais pourtant dû me méfier. Cette histoire de perron était de mauvais augure. Il m'a quittée au bout de trois jours. Je ne parlais pas assez, m'a-t-il dit. « Moi, j'ai besoin d'ambiance », pestait-il. À mes côtés, il avait l'impression d'être vieux. Or, nous étions très jeunes. J'avais dix-neuf ans et lui dix-huit. Il est vrai que je ne suis pas très loquace. Ce que je pense, personnellement, c'est que nous étions trop jeunes pour louer une maison, même petite. C'est le problème quand on sort avec des personnes qui ne sont pas du même milieu, on se met à faire des choses pour lesquelles on n'est pas doué, auxquelles on n'a pas été habitué.

J'avais toujours passé mes vacances au camping. Au camping, pas besoin de parler, il y a toujours à s'occuper, surtout dans ceux où nous allions avec ma famille, des une-étoile privés du plus élémentaire confort. Alors se retrouver dans une maison, sans corvée de courses ni de cuisine, parce que mon petit ami, Yves, considérait que les restaurants c'est pas pour les chiens, cela laissait énormément de temps libre ; du temps que nous aurions dû passer à parler, selon lui, à lire, selon moi, ou à se promener, selon personne, car nous étions tous deux trop agacés par la présence de l'autre pour envisager de nous livrer à la contemplation de la nature et au combat perdu d'avance contre le vent.

Yves est parti le mardi. Il s'est arrêté un instant sur le seuil, a secoué la tête, baissé les yeux vers les marches usées et moussues qui lui avaient tant plu à notre arrivée et a fait rouler sa valise sur la chaussée. Je l'ai regardé rapetisser jusqu'au bout de la rue et je me suis dit que c'était peut-être à cause de sa passion pour les valises à roulettes, une innovation révolutionnaire en ces temps reculés, qu'il détestait les trottoirs.

Le samedi, le propriétaire de la maison est venu

pour l'état des lieux. Il m'a demandé quand je comptais m'en aller et où était passé le jeune homme. J'ai haussé les épaules.

« Et l'argent ? Qui va me payer ? »

J'ai avancé le menton et regardé autour de moi, comme à la recherche d'un mécène tombé du ciel.

Le monsieur est sorti en claquant la porte.

J'ai commencé à rassembler mes affaires pour les ranger dans mon sac à dos.

Le monsieur est revenu sur ses pas.

« On est hors saison, a-t-il dit. Je m'en fiche pas mal que vous restiez. Ça change rien. À qui j'aurais loué de toute façon ? Faites un peu de ménage et n'utilisez pas trop de chauffage, et puis pas trop d'eau non plus. »

Il est reparti en fermant la porte tout doucement. « Au revoir », a-t-il lancé une fois dans la rue. J'ai fait un signe de tête et j'ai murmuré « Au revoir ».

Assise à la table de la cuisine, j'ai posé mes coudes sur la toile cirée et me suis interrogée sur ce besoin de partage qu'éprouvent les insulaires. Ils se plaignent, mais ils sont contents. Et même quand ils se plaignent, je ne les crois pas. Ils nous attendent, nous, les affreux continentaux, les jolis continentaux, pour nous détrousser, tomber amoureux de nous, nous haïr, nous rejeter, nous adopter. Un inventaire rapide du contenu de mes poches, de celui du réfrigérateur et de l'intérieur des placards m'a appris que j'avais de quoi me nourrir pendant trois jours, à condition de ne consommer que cent grammes de pâtes par repas, de mettre un demi-sucre dans mon thé et de rationner pommes et petits pois.

Au troisième jour, le monsieur est revenu.

« Émile Tête-de-Pioche, m'a-t-il dit en me tendant la main.

– Solange Zitomer, enchantée.

– Vous ne trouvez pas que j'ai un nom bizarre ? »

J'ai secoué la tête. Il s'est assis sur la chaise paillée face à moi. J'ai servi un café à mon propriétaire et offert mon dernier sucre en sacrifice.

« C'était la maison de ma mère, ici », a-t-il soupiré.

Je ne voyais pas quoi répondre. Il a poursuivi.

« Vous connaissez la plage de la Pentie ? »

Je ne connaissais pas.

« C'est sur la côte ouest. Ma mère y allait. C'est pas tout près. Elle nous emmenait pas. C'est pour méditer, qu'elle disait. »

Comme c'est étrange, cet homme de soixante-dix ans qui parle de sa mère, ai-je pensé. Je croyais, à l'époque, que les parents disparaissaient simplement de votre vie à la fin de l'adolescence, qu'ils se dissolvaient dans vos souvenirs aux côtés des maîtresses d'école et des amoureux de maternelle. J'ignorais qu'en réalité on porte nos parents en nous jusqu'à la tombe.

Monsieur Tête-de-Pioche m'a expliqué que cette plage avait été baptisée ainsi parce que, jadis, les habitants de l'île, et en particulier ceux de la côte ouest, vivaient du pillage des navires naufragés ; lors d'une attaque particulièrement féroce contre un équipage, une femme s'était mise à poignarder à tout-va, jusqu'à tuer son propre fils, engagé dans la marine marchande plusieurs années auparavant. Elle ne l'avait reconnu qu'une fois mort. Elle avait perdu la raison, puis s'était repentie. D'où le nom de la plage. Tout en me racontant cette légende, monsieur Tête-de-Pioche avait commencé à pleurer.

En partant, il a déposé sur la table de la cuisine un filet à provisions contenant un pâté de lapin, des pommes de terre, des poireaux, des poires et du pain. Dans un sachet à part il avait mis des œufs et du beurre salé.

« Au revoir, alors ? » a-t-il dit sur le pas de la porte.

J'ai souri, sans rien répondre.

C'est comme cela que j'ai débuté.

Il revenait tous les trois jours pour me parler de sa mère. Chaque fois, il apportait quelque chose à manger. Quand il pleurait beaucoup, j'avais aussi droit à du vin. Six semaines après sa première visite, j'ai reçu celle de madame Pointamaille. Elle venait de la part d'Émile Tête-de-Pioche. Il lui avait conseillé de passer me voir. « C'est pas comme si j'avais personne à qui parler. Je suis née ici. Tout le monde se connaît. Mais ça jase. Alors que vous… c'est différent. » Elle se faisait du souci pour ses enfants, mais j'ai vite compris que c'était un prétexte pour me parler de son oncle maternel qui lui avait, autrefois, fait subir des sévices. Ne sachant quoi m'offrir, elle m'a donné de l'argent. Un beau billet de cinquante francs, tout lisse, tout propre.

« Vous savez, m'a expliqué monsieur Tête-de-Pioche, c'est pas parce qu'on est sur une île qu'on est pas au courant des nouveautés. Avant vous, y en avait pas, mais c'est pas parce qu'on était contre. C'est juste qu'y en avait pas. »

Il m'a conduite dans la rue et montré une plaque en cuivre qu'il venait de fixer au mur près de ma porte : SOLANGE ZITOMER, PSY, SANS RENDEZ-VOUS.

« J'ai mis psy parce que je ne savais pas si c'était psychiatre ou psychanalyste ou psychologue. »

Je reçois dans ma cuisine. Je n'ai pas de salle d'attente, ce qui explique la queue dans la rue. On me paie en argent ou en nature. Je n'ai jamais fixé de prix. Et jusqu'à cet article dans le journal, je ne m'étais jamais posé de questions. Ma clientèle est variée et agréable. Depuis que je me suis installée, d'autres confrères ont ouvert des cabinets sur l'île. Je ne les fréquente pas. Que pourrais-je bien leur dire ? Mais j'aime mon métier. Toutefois il me semble important, aujourd'hui, parce qu'on en parle dans les journaux, parce que la presse me tend un miroir dans lequel je ne suis pas certaine de me reconnaître, de vous dire, à vous, mes chers Oléronais, à vous qui m'avez adoptée il y a maintenant plus de quarante ans, que je n'ai pas le moindre diplôme et que je suis un imposteur. Je comprendrais, dès lors, que vous cessiez de fréquenter mon cabinet. Mais sachez aussi que je comprendrais parfaitement que vous continuiez à venir, comme si de rien n'était. Parce que, au fil du temps, ce métier, vous me l'avez appris.

Bien à vous,
Solange Zitomer

# Tonton Achille

C'était un mardi d'août. Je me souviens qu'en me réveillant je m'étais dit : C'est fou comme ce mardi ressemble à un dimanche ; à cause du vide aoûtien, du calme de ce mois inutile. J'avais décidé de passer ma journée à la laverie, me fiant au pouvoir hypnotique des lessives. Je lisais un article sur les mérites comparés du bambou et du cèdre quand la sonnerie a retenti. C'était mon père qui m'appelait de Buenos Aires. Il était en voyage de noces avec sa nouvelle femme, Carla.

Je n'ai pas connu ma mère, ce qui m'a permis d'accueillir avec une bienveillance toujours renouvelée les cinq épouses successives de papa. Il a bon goût. Ses femmes sont petites et raffinées. Carla est ma préférée. C'est aussi la plus proche de moi en âge. Non que mon père l'ait choisie plus jeune que ses devancières. Simplement j'ai vieilli. J'attends le jour où je serai plus âgée que ma nouvelle belle-mère. Je sais que je le prendrai bien ; on dit de moi que je suis large d'esprit.

Mon père n'avait pas le temps de me parler. « Ça coûte très cher, a-t-il précisé. Oui, Carla va bien. Il y a juste un petit souci. »

Je suis large d'esprit, mais je me méfie des soucis, grands et petits.

« Ne t'inquiète pas, a-t-il poursuivi, avant que j'aie

eu le temps de m'affoler. Ce n'est rien de grave. Tonton Achille est mort. Il faut que tu t'occupes de l'enterrement. »

Il n'y a personne à Paris, a-t-il expliqué, personne qui soit assez proche de tonton Achille en tout cas. Pour les frais, je ne devais pas m'en faire, il rembourserait tout. Voulais-je une avance ? Ce que je voulais, c'était que cette conversation n'ait pas eu lieu. Je voulais que tonton Achille n'ait jamais existé. Je voulais que quelqu'un m'explique pourquoi on l'appelait tonton alors qu'il n'était même pas de la famille.

Mon père m'a donné l'adresse de l'hôpital et il a raccroché.

Mes draps tournaient derrière le hublot de la machine et, de temps à autre, le tee-shirt rouge, que j'avais glissé par inadvertance dans le tambour, s'insinuait au premier plan. Ne déteins pas, priais-je, ne déteins pas. J'ai pris ma tête dans mes mains et, après avoir invoqué le dieu du linge, j'ai invoqué l'autre, le vrai. Il restait encore quarante minutes avant la fin du programme « blanc 90 °C » et il me semblait que cette durée correspondait exactement à celle qui me séparait de la perte de mon innocence.

Mon père avait la manie, quand j'étais enfant, d'appeler tous les adultes de notre entourage tata machine ou tonton bidule, sans doute dans le but de dissiper le sentiment douloureux qu'il éprouvait à l'idée de m'avoir propulsée dans le monde sans l'agrément d'une famille digne de ce nom. Mon père et moi n'avions personne. Nous étions un minuscule archipel perdu dans l'océan des généalogies étrangères et, jusqu'à présent, je n'en avais jamais souffert. Il m'était même arrivé de m'en féliciter lorsque j'avais vu des amis perdre leur grand-mère adorée, leur grand-père respecté, leur cousin cueilli dans la fleur de l'âge. Je tirais de cette particularité l'impression d'être invincible. La mort de tonton Achille, plutôt que de me plonger dans la détresse, me rappelait que je n'avais rien à craindre. Très tôt, j'avais pris l'habitude des relations brèves et sans suite qu'imposait le caractère versatile de mon père, et j'avais rapidement acquis la certitude que pour avancer paisiblement, il convenait de s'attacher le moins possible. Grâce à cette judicieuse prévention, la mort, pour moi, ne constituait pas, comme pour la plupart de mes congénères, une menace diffractée en centaines de corps et de visages aimés. Elle était l'accident qui me faucherait dans très longtemps. Mon père y passerait probablement aussi, mais cela me paraissait bien léger comme fardeau, comparé à celui que portaient les membres de clans, les parents et grands-parents de fratries nombreuses, les amoureux, les amoureuses. Je songeais aux héros de l'Antiquité, à ces demi-dieux qui pouvaient se permettre d'ignorer la fatalité. Comme eux, j'étais d'une autre trempe, inaltérable, inaccessible au chagrin.

C'est sans doute pour cette raison que lorsque le grand jeune homme aux cheveux hirsutes et aux yeux noisette a pénétré dans la laverie, je lui ai lancé un regard audacieux qui lui a fait perdre l'équilibre. Il a ployé un instant sous le sac de marin contenant ses affaires sales et s'est rattrapé de justesse au couvercle de l'essoreuse. Que dire ensuite ? Vous êtes beau ? Quelle est votre marque de lessive préférée ? Afin de couper court à ces inepties, je lui ai posé la première question vraiment sensée qui me venait à l'esprit :

« Vous ne connaîtriez pas un bon établissement de pompes funèbres dans le quartier ?

– Comment ? »

J'ai compris qu'il n'espérait pas de moi que je répète ma question.

« Rien, rien, ai-je dit. J'avais envie d'engager la conversation, mais comme j'ai horreur des banalités… Pas vous ?

– Comment ? »

Ce garçon n'avait aucun vocabulaire et c'était bien dommage. Alors que je désespérais d'entendre un mot de plus sortir de sa bouche, il m'a livré une information qui, sans que je le devine sur le moment, allait bouleverser le cours de ma vie.

« Presque sur le quai, a-t-il dit d'une voix pensive. À un angle. Je ne connais pas l'adresse. C'est près de la Seine. Pas loin du pont d'Austerlitz. Un tout petit endroit. Je n'y suis jamais allé, mais… je ne sais pas, c'est… c'est… »

De nouveau mon camarade sombrait dans un abîme lexical. Il paraissait épuisé par l'effort de concentration qu'avait exigé de lui l'extravagante longueur de sa phrase.

Je suis remontée dans ma chambre et j'ai déposé le ballot de linge humide sur mon bureau. Il sécherait en boule. Était-ce grave ? Non. C'était moins grave que la mort. Car, grâce à tonton Achille, la mort était devenue mon seul sujet de préoccupation. Tout me semblait futile en comparaison. J'avais une mission. Le reste pouvait attendre, le reste se dissolvait de soi-même. En marchant vers le pont d'Austerlitz, j'ai commencé à élaborer une théorie concernant le détachement et jeté rapidement les bases d'une philosophie de l'hédonisme morbide.

L'officine des Pompes funèbres parisiennes était idéalement située. Trois baies vitrées ouvraient côté sud-ouest, et la proximité de la Seine exaltait le tranchant de la lumière. Il n'y avait personne derrière le bureau. Je me suis assise sur une chaise, étonnée par l'absence de climatisation, reconnaissante aussi. Une atmosphère réfrigérée aurait risqué de me rappeler ma propre mortalité, la menace toujours présente de la putréfaction à laquelle est soumise toute chair. Dans cette salle, par ailleurs sans charme, très laide même, la chaleur qui régnait paraissait clamer une confiance indéfectible dans la vitalité des corps aptes à supporter de fortes températures. La frontière entre eux, les morts – sans doute les Pompes funèbres parisiennes disposaient-elles d'un genre de backroom glaciale où on les entassait avant le cimetière –, et nous, les vivants, était clairement marquée. J'ai cru entendre mon sang cascader dans mes veines, grimper à l'assaut de mes artères. Je me sentais merveilleusement bien.

« Bonjour », s'est exclamée d'une voix vibrante une femme soudain jaillie de derrière un paravent. Elle s'est installée face à moi, les paumes tournées vers le ciel, un sourire d'une extraordinaire bienveillance aux lèvres. « Bonjour », lui ai-je dit, décidant de soutenir son regard, d'observer les minuscules perles de sueur sur les ailes de son nez. J'attendais qu'elle parle. Je n'avais pas la moindre idée de ce que j'étais censée dire. Mais elle demeurait muette, les mains toujours ouvertes. Le silence s'est étiré. Puis, elle a pris une inspiration profonde, a expiré longuement et, baissant enfin les yeux, a murmuré : « Bon. »

Comme si elle m'avait donné le signal de départ dont j'avais besoin, je me suis mise à parler.

« C'est pour un enterrement. Achille Friedkin est mort. Je ne le connaissais pas, mais personne n'est à Paris en ce moment. Il est au Val-de-Grâce.

– C'était un militaire ?

– Je n'en sais rien. Je ne le connaissais pas. C'était

un ami de mon père. Enfin, pas vraiment un ami. On l'appelait tonton Achille… »

À ces mots, elle a acquiescé. Je parlais très vite, sans reprendre mon souffle, comme projetée dans une course dont je n'aurais pas connu la destination ni soupçonné l'urgence. J'ai évoqué la nature de mes affections d'enfant, puis ma méfiance, ma froideur grandissantes, mon adolescence ponctuée de passions éphémères, de trahisons muettes, de désertions subites.

« Les autres marchent à même le sol, lui ai-je dit. Moi, c'est sur un pont suspendu. Ça branle de partout et en dessous… » Je me suis interrompue, effrayée par ma propre colère.

« En dessous, a-t-elle repris, il y a le vide. »

À mon tour j'ai acquiescé.

Après un instant de silence, elle a déclaré :

« Alors on va faire ça bien. On va faire ça très bien. Je suis là pour vous aider. Ce n'est pas une question d'argent, a-t-elle précisé pour me rassurer, avant de broder autour de la formule consacrée "rendre un dernier hommage". C'est important, a-t-elle fait. Le dernier hommage reconnaît à celui qui nous quitte sa nature d'homme, et à nous qui l'accompagnons, notre nature humaine. C'est un moment, un geste à prendre très au sérieux. Je sais que je peux compter sur vous, a-t-elle ajouté. Vous allez vous rendre à l'hôpital et réclamer ses clés. Il faut aller chez lui. Il n'est jamais trop tard pour apprendre à connaître quelqu'un. C'est comme une enquête. Vous réunissez les indices. Vous m'apportez ça demain et je me charge du reste. »

Voyant que je ne comprenais pas, elle a précisé :

« Allez-y sans idée préconçue. Une fois sur place, laissez les objets vous parler, les meubles, les vêtements. Il suffit d'être concentrée. Il ne s'agit pas de me rapporter une armoire normande ou un piano à queue. Il faut que ça tienne dans la main. Ne craignez rien. Ça ne prendra pas longtemps. J'ai l'habitude. »

Ainsi missionnée, j'ai traversé la Seine et me suis dirigée vers l'hôpital, où tout s'est déroulé plus facilement que je ne l'aurais cru. On ne m'a pas posé de question, on ne m'a pas demandé de justificatif d'identité, personne ne s'est inquiété de la raison pour laquelle je ne désirais pas voir le mort (« Plus tard », avais-je répondu d'un air parfaitement détendu quand on me l'avait proposé). J'ai envisagé un instant une nouvelle façon de gagner ma vie. Il suffisait de s'introduire dans les hôpitaux, de s'arranger pour connaître le nom des personnes récemment décédées et de réclamer leur trousseau de clés afin de les détrousser. Sale gosse, me suis-je dit à moi-même. Sale gosse, et, je ne sais pourquoi, à ces mots, mon cœur s'est serré.

J'ai pris le bus en direction de Montmartre. J'aurais, il est vrai, plus vite fait en métro, mais j'avais décidé de m'offrir, en récompense de l'affreuse corvée qui m'attendait, une virée touristique dans la ville. La lumière encore très vive du soleil de cinq heures n'a pas eu l'effet apaisant que j'avais escompté. Les sourcils froncés, je luttais pour tenter d'apprécier le spectacle des immeubles, des rues, des carrefours, mais le poids de l'unique clé dans ma poche de pantalon m'empêchait de me concentrer sur les pans coupés et les lignes de fuite. J'étais entamée. Je ne voulais pas entrer dans l'appartement d'un mort. C'était au-dessus de mes forces. Je trouvais cela injuste. Pourquoi moi ? Sale gosse, me suis-je dit de nouveau et, de nouveau, mon cœur s'est serré. Je n'avais pas le choix.

J'ai grimpé les cinq étages et tourné la clé dans la serrure. Ça sentait le renfermé. Le canapé-lit qui occupait presque tout l'espace était défait. Pas un livre. Dans le coin cuisine, une casserole et un verre à eau, une fourchette sale et un bol. Tonton Achille était du genre à boire sa soupe à la fourchette. Ce constat suffirait-il pour le dernier hommage ? J'ai chaussé mes lunettes afin de procéder à une inspection plus rigoureuse. Sur la table de chevet, une plaquette de médicaments à moitié vide. De l'aspirine. Le bac à douche était juste à gauche de l'évier. Il n'y avait pas de toilettes, sans doute se trouvaient-elles sur le palier. J'ai ouvert l'armoire. Chemises blanches, costumes gris, cravates bordeaux. Dans un casier trois slips kangourou et deux tricots de corps. Quelque chose qui tienne dans la main, me suis-je rappelé. Un briquet, un stylo ? Contre le mur de gauche, une petite table, pas plus grande qu'un pupitre d'écolier, mais pourvue d'un large tiroir central m'a redonné espoir. J'y suis, c'est là. Le secret d'une vie, le sens, la connaissance d'un être. J'ai fait glisser lentement le caisson de bois vers moi. Trois élastiques, un vert, un rouge, un jaune, et un bouchon de lavabo. Je me suis assise sur le bord du lit. Moins dégoûtée que je ne l'aurais cru, moins effrayée aussi. Quelqu'un est passé avant moi, ai-je pensé. Cette chambre a été vidée. Tout ce qui aurait pu dévoiler l'identité de son locataire en avait été retiré. Pour quelle raison ? Cela me faisait penser à des histoires de mafia. Des expressions comme « blanchiment d'argent » me venaient à l'esprit. Les liens qu'aurait eus mon père avec les Brigades rouges. Des réunions chez nous quand j'étais petite. Je regardais par la porte entrebâillée et je voyais des hommes portant des pullovers en grosse laine brute et des godillots de chantier, face à mon père, impeccable dans son costume gris dont les plis admirablement repassés lui dessinaient une silhouette cubiste. Mais tonton Achille était arrivé plus tard dans notre vie. Il était doux et mystérieux. Il me rapportait des assortiments de bonbons au chocolat dont il prétendait qu'ils venaient de Londres. Un jour j'avais découvert sur la boîte une étiquette de prix où la somme figurait en francs. Il avait menti. Quand je le lui avais fait remarquer, il m'avait répondu « Ne te fie pas aux apparences » et j'avais lu dans son regard comme un aveu, une révélation. C'était un espion. Un espion raté et gaffeur dont il avait fallu à tout prix vider l'appartement à cause des choses compromettantes qu'il risquait d'y avoir laissées. Je ne pouvais cependant pas retourner aux pompes funèbres les mains vides. Je devais impérativement apporter ma contribution au dernier hommage. Baissant les yeux, j'ai aperçu un morceau de carton qui dépassait de sous le lit. J'ai tiré dessus. Il s'est coincé sous le pied du canapé. Je me suis levée et j'ai déplacé le meuble pour m'emparer de ce qui s'est avéré être une carte postale ; je l'ai aussitôt retournée, impatiente de découvrir le texte, le nom de l'expéditeur. Mais elle était vierge. Tant pis, me suis-je dit. Ça tient dans la main. C'est mieux que rien.

*

« Je pensais que vous seriez fermé, ai-je lancé à la croque-mort en poussant la porte des pompes funèbres vers vingt heures trente.

– Je vous attendais », a-t-elle répondu.

J'ai sorti la carte postale de ma poche et la lui ai tendue, penaude.

« Asseyez-vous, m'a-t-elle dit en examinant la carte. C'est intéressant. C'est très intéressant. »

Elle la faisait pivoter dans ses mains, s'arrêtait sur

l'image, la fixait, l'approchait de son visage, puis elle retournait à la légende qu'elle lisait et relisait. Je ne me rappelais plus ce que représentait la carte. Un paysage, un personnage ?

« *Le Cheval pie*, a-t-elle articulé en détachant les syllabes. *Le Cheval pie* », a-t-elle répété d'un ton plus songeur.

Alors que j'étais sur le point de lui livrer mon hypothèse concernant la carrière de tonton Achille dans l'espionnage, je me suis ravisée. Visiblement ce morceau de papier était une grosse prise.

« Il devait aimer les animaux », ai-je hasardé.

Elle a secoué la tête.

« Je ne crois pas, a-t-elle répliqué avec douceur, qu'un amoureux des animaux aurait choisi Paulus Potter.

– Qui ça ?

– Paulus Potter, c'est le peintre, l'artiste qui a signé le tableau. »

Elle a fait glisser la carte postale vers moi.

« Regardez. Regardez comme il est moche cet animal. Pauvre cheval, ses naseaux sont tout tordus. »

Sans m'en avoir dit davantage, elle m'a donné rendez-vous le surlendemain au cimetière de Pantin. Elle s'occuperait du transfert du corps et de toutes les formalités. Je n'avais pas à m'inquiéter. Fallait-il que je m'habille en noir ? Devais-je prévoir des fleurs ? « C'est mon premier mort », ai-je ajouté pour me justifier. Elle m'a conduite jusqu'à la porte sans répondre à mes questions.

*

Je ne crois pas à la vie éternelle. Je ne crois pas non plus à la mort éternelle. J'envisage que les disparus reviennent sous forme de crocus ou de lièvre. La conviction n'est pas mon fort. Le cimetière de Pantin m'a plu immédiatement. Je ne sais pas comment sont les autres, mais j'ai été surprise d'y voir tant d'arbres, d'y retrouver les vieilles fontaines en fonte des squares de mon enfance, et d'y sentir cette odeur de campagne, de feuilles cuites par le soleil et d'herbe chaude. Je me suis dit que j'avais une chance incroyable de pouvoir apprécier tous ces détails. Je redoutais de croiser une famille endeuillée, une vraie, une qui se fiche pas mal des rameaux et des coussinets de mousse aux abords des trottoirs, une qui pleure, qui souffre, dont les genoux se dérobent à la vue du trou. Les miens étaient fermes et nous étions seules, Irma Waltz – car c'est ainsi que se nommait la responsable des Pompes funèbres parisiennes – et moi, face à la fosse dans laquelle les employés avaient déposé le cercueil de tonton Achille. Je fixais le couvercle en bois, m'efforçant d'éprouver du chagrin. La chaleur qui entoure nos épaules et nos bras, tonton Achille ne la sent pas, me suis-je dit. Ses yeux fermés ne distinguent aucune clarté. Pas une pensée dans son esprit. Il est aussi inerte qu'un caillou du chemin. En lui, les souvenirs, les songes demeurent séquestrés à jamais.

« Vous désirez dire un mot ? » a demandé Irma Waltz.

J'ai ouvert des yeux ronds. Je ne m'attendais pas à être sollicitée. N'avait-elle pas dit qu'elle s'occupait de tout ?

« Très bien, a-t-elle fait, alors je vais commencer. »

Elle a tiré de son sac la carte postale trouvée chez le mort, l'a regardée longuement. Me l'a tendue. Je l'ai regardée à mon tour. Un cheval blanc taché de noir se tenait, pattes postérieures légèrement écartées, devant un arbre maladif, sur un fond indéfinissable de bruyère, de prairie, d'arbustes nains et de ciel d'orage opaque et morne. La reproduction était trop petite pour que l'on pût distinguer l'expression de l'animal, mais son corps trahissait une immobilité menaçante. Il avait l'air empaillé.

« Paulus Potter, a-t-elle déclamé d'une voix claire et étrangement forte. Paulus Potter », a-t-elle répété, comme si ça avait été le nom du mort.

D'ailleurs, mort, il l'était bien, ce pauvre Paulus. Et pourquoi, après tout, n'aurions-nous pas profité de ce rendez-vous pour évoquer sa mémoire. Un cimetière n'était-il pas l'endroit idéal pour prononcer le nom des disparus et leur rendre ainsi un peu de la vie qui les avait quittés. J'ai soudain eu l'idée saugrenue de dire à voix haute le nom de ma mère. Le temps de réprimer cette impulsion, j'ai découvert que mademoiselle Waltz avait progressé dans son discours et que j'en avais perdu le fil. « Il faut croire que la solitude et la laideur ont quelque chose de sublime », disait-elle. Pouvais-je lui demander de reprendre depuis le début ? Avait-elle remarqué que je n'écoutais rien ? Elle ne paraissait pas s'en soucier. Les bras légèrement décollés du corps, elle se balançait d'avant en arrière et chantait, plus qu'elle ne récitait, un genre d'ode à l'insignifiance, à l'approximation, à l'ordinaire, à l'élégance qui accompagnent parfois le manque absolu de talent. Tout en peinant à suivre les développements complexes et les articulations déconcertantes de son exposé, je sentais mon cœur éclore, pareil à un pavot géant, et des larmes, que je n'avais pas prévu de verser, m'ont empli les yeux.

M'eût-on interrogée à cet instant, je n'aurais su dire sur qui ni sur quoi je pleurais. Sur le transitoire de l'existence, sur la maigreur de mes amours, sur l'oubli qui, mieux que la terre, soustrait les morts aux vivants. Sans doute pleurais-je aussi un peu sur Achille

Friedkin dont personne ne se souciait de connaître la stupéfiante carrière d'espion.

*

Cinq ans ont passé et, aujourd'hui, dans ce même cimetière, est-ce que je sais sur qui, sur quoi je pleure. Nous enterrons mon père. Gisèle, sa dernière épouse en date, et moi. Quelques tatas et quelques tontons sont venus, après avoir découvert l'annonce du décès dans les journaux. Je suis passée chez papa pour choisir l'objet, la chose qui tient dans la main, le bibelot salvateur. J'avais l'embarras du choix. Mon père était un grand intellectuel, un esthète, un collectionneur. Photos, tasses à thé, porte-encens, pipes, éditions anciennes, loupes, stylos, chevalières, montres, compas, épingles à cravate. J'en avais le vertige. J'ai pris au hasard une petite cuillère à manche de nacre et je me suis précipitée aux Pompes funèbres parisiennes. J'ai demandé au grand monsieur à tête de mulet qui trônait derrière le bureau de bien vouloir appeler mademoiselle Waltz.

« Mademoiselle Waltz ? a-t-il répété, surpris. Il y a bien longtemps qu'elle nous a quittés. Enfin, la vérité, c'est que nous avons dû nous séparer d'elle. Vous avait-elle causé du tort ? Elle était folle. Complètement exaltée. Vous comprenez que dans un métier aussi sérieux que le nôtre, il n'y a pas de place pour des phénomènes dans son genre… »

À présent, face à la tombe de mon père, mon père pour qui Irma Waltz aurait conçu des funérailles inoubliables, je pleure sur ce double abandon, et, serrant au fond de ma poche la cuillère dont je n'ai rien su tirer, je me concentre sur la laideur sublime du cheval pie.

# Il ne se passe jamais rien ici

Comment peut-il avoir de si grands pieds ? se demande Léna en regardant les baskets de son fils.

Ils viennent de se disputer et elle ignore comment faire pour renouer. Philémon et elle ne sont pas comme des étrangers. Elle le connaît très bien. Elle le comprend parfaitement. Tout ce qu'il a dit est vrai : il ne se passe jamais rien ici. Ni ailleurs. La vie est nulle. On croit à des trucs, mais on a tort. On est toujours déçu. Léna est d'accord sur toute la ligne, elle pourrait même en rajouter, disposant de quelques désillusions d'avance. Mais elle doit prétendre le contraire. Affirmer que le monde est merveilleux et que l'extase n'est qu'une question de volonté. Elle ne peut pas supporter que son fils ait déjà tout compris, comme s'il avait fait le tour de la question.

Petit, il était si enthousiaste. « J'adore les carottes ! » s'écriait-il devant son assiette au dîner. Quand il chantait à la fête de l'école, on distinguait sa voix par-dessus les autres parce qu'il y mettait tout son cœur. Lorsqu'elle venait le chercher à quatre heures et demie, il courait vers elle, bras en croix, et se jetait contre son corps, manquant de la renverser. Aujourd'hui, elle ne voit même pas comment elle pourrait lui effleurer la main. Son fils nihiliste s'est autodéclaré zone interdite depuis plusieurs années déjà. Elle n'a presque aucune idée de ce qu'est devenue sa peau.

Elle voudrait dire : « Y en a marre. Arrêtons cette comédie. Je suis ta mère, tu es mon fils, je suis vieille et tu es jeune, mais ce n'est pas une raison pour que nous soyons ennemis. Moi aussi, je suis révoltée, moi aussi, je m'ennuie. » Mais il est indispensable qu'ils demeurent ainsi, chacun dans son rôle, Philémon tête basse, dos voûté, poings fermés sous les mâchoires, Léna bien droite sur sa chaise de cuisine, visage penché sur le côté, regard embué, paumes tournées vers le ciel dans l'attente d'une réparation.

« Bon, ben moi, je vais me promener », dit-elle en claquant les mains sur ses cuisses, avec une bonne humeur feinte. Les articulations de ses hanches grincent. Comment ai-je pu en arriver là ? se demande-t-elle.

Philémon ne réagit pas. Il peut rester comme ça des heures. C'est un talent.

Dès qu'on franchit le seuil, les poumons se déploient. On ne devrait jamais passer plus d'une heure d'affilée enfermé dans une maison. Une claque de soleil en pleine face, le crissement des graviers sous les pas, les chants cocasses des oiseaux. Le monde est un tout petit peu merveilleux, songe Léna. Elle a beau se croire aussi nihiliste que son fils, elle s'émeut de chaque nuance de vert, observe les fleurettes jaunes au bord du chemin, se demande avec le plus grand sérieux pourquoi les fleurs sauvages sont si souvent jaunes, beaucoup plus rarement bleues et plus rarement encore rouges, d'où la stupeur et la gratitude face au champ de coquelicots qui se découpe entre deux charmes, au loin, en contrebas, comme un cœur qui palpite.

À chaque pas, une année de moins. Les hanches se huilent, les genoux oublient la rouille de la rotule, le ventre se tend, les épaules s'élargissent, s'ouvrent et s'étirent comme des ailes. Léna court sur le sentier qui dévale vers le ruisseau, coupant la forêt en deux. Au bas de la descente, elle retire ses chaussures et plonge les pieds dans l'eau tourbeuse. Rien n'est plus doux que l'eau mêlée de tourbe. Les reflets mouvants et cuivrés sont piquetés de taches de soleil perçant la tonnelle des aulnes. Léna joue avec ses orteils. Sur l'autre rive, c'est le début des pâturages, blés et coquelicots cèdent la place à des prairies grasses jalonnées de baignoires converties en abreuvoirs pour les vaches. Les pieds mouillés dans ses tennis, Léna poursuit sa promenade au fil du chemin qui monte à présent vers un plateau. Des nuages violacés ont envahi le ciel. Elle craint l'orage, se rassure en se disant que le soleil passe encore ses longs doigts de miel entre les masses menaçantes. Plus un arbre alentour. Si la foudre s'abat, c'est pour moi, pense-t-elle.

Un coup de tonnerre au loin. Elle s'assied sur le talus. Au premier éclair, elle se jettera à plat ventre contre la terre.

Soudain, elle distingue une forme, un peu plus loin sur le sentier. Une forme qui se déplace avec un drôle de balancement et semble se diriger vers elle. C'est un oiseau. Une bestiole plutôt imposante qui marche en se dandinant avec autant de dignité que possible. Pourquoi ce volatile ne vole-t-il pas ? se demande Léna, identifiant le promeneur comme un faisan. Col blanc, paillettes claires sur la robe fauve, légère crête de plumes brunes, face rouge au sommet d'un cou vert émeraude, longue queue élégante, entravant, bien évidemment, la démarche. Léna ne bouge pas un cil, de peur d'effrayer l'animal. Mais il n'a pas l'air farouche et continue d'avancer dans sa direction, la regardant droit dans les yeux. Parvenu à trente centimètres d'elle, il s'ébroue, caquette et s'installe dans l'herbe. Léna n'y croit pas, respire à peine, et sursaute quand, après un profond soupir, le faisan se met à parler.

« Beau temps, n'est-ce pas ? » fait-il d'une voix veloutée.

Léna tremble. Elle ne comprend pas ce qui arrive. Elle est partagée entre l'urgence de s'enfuir à toutes jambes et le désir d'engager une conversation polie avec la volaille. Mais cette dernière ne lui en laisse pas le temps et enchaîne de la même voix douce et grave.

« Je dis beau, parce que j'aime l'orage, mais tout le monde n'est pas de cet avis. Vous le craignez, je me trompe ? » demande le faisan, en tournant la tête vers Léna avec cette gestuelle un peu brusque et ridicule propre à son espèce.

Léna secoue la tête.

« Vous craignez l'orage, mais vous craignez encore davantage de vous faire aborder par un poulet. Oui, bon, d'accord, un poulet amélioré, mais tout de même… » Il se met à rire, sensuel, désinvolte. « Je suis un poilu, reprend-il, subitement plus sérieux.

– Un poilu ? s'étonne Léna, enrouée, reconnaissant à peine sa propre voix.

– Un poilu mort.

– Mort ?

– Oui, c'est ça, et réincarné en faisan. Je suis un poilu mort à la guerre de 14 », précise-t-il.

Pour la première fois depuis leur rencontre, Léna ose dévisager franchement l'animal.

« Qu'est-ce que vous faites là ? dit-elle.

– Je vous apparais, répond le faisan d'un ton pas tout à fait assez modeste.

– Pourquoi ?

– Pour mon apaisement personnel, confie-t-il. Voyez-vous je suis, comme on dit, une âme en peine. Impossible de trouver le repos. Alors j'erre. J'erre et, de temps en temps, j'apparais.

– Qu'est-ce qui vous empêche de trouver le repos ? demande Léna.

– Le remords. Je m'en veux. Je suis mort si bêtement. J'ai fait de ma fiancée une veuve alors qu'elle n'était même pas mariée. J'ai gâché sa vie. Elle l'a passée à me pleurer. C'était une jeune fille si naïve, si tendre. Elle voulait toujours que je lui morde l'oreille. Elle était comme un chiot.

– Pourquoi dites-vous que vous êtes mort bêtement ? Mort au champ d'honneur, c'est quand même quelque chose !

– Oh, vous êtes mignonne. Mais je vous assure que c'était idiot. J'ai très bien vu l'éclat d'obus qui arrivait sur moi, il aurait suffi que je me baisse de quelques centimètres, je n'aurais pas eu la tête tranchée. Mais j'ai réfléchi, je me suis dit, Tiens, un éclat d'obus, ça alors, comme il a l'air coupant… Enfin, vous voyez, ce genre de sornettes que se racontent les gens distraits.

– Je vois très bien, oui. Mais comment savez-vous qu'elle ne s'est jamais remise, votre fiancée ?

– Parce qu'on voit tout de là-haut. Je dis "là-haut" par commodité, mais en fait, une fois mort, on ne connaît plus ni haut ni bas. C'est la fin du monde physique…

– Vous voulez dire que les morts voient tout ? s'écrie Léna en l'interrompant.

– Oui, tout.

– Mais c'est horrible. Je ne vais plus rien oser faire.

– On voit tout, mais on regarde très peu. C'est fou comme c'est ennuyeux.

– Vous dites ça pour me rassurer.

– Pas du tout. Le mensonge, vous savez, c'est comme le haut et le bas, l'avant et l'après, une fois qu'on est mort, ça n'existe plus. »

Le tonnerre gronde, un éclair fend le ciel. Léna frissonne.

« Vous feriez mieux de rentrer », dit le faisan.

Des gouttes de pluie larges comme des soucoupes commencent à tomber, très espacées, très lentement.

« Pourquoi m'avez-vous parlé ? demande Léna en se relevant.

– Parce que vous êtes comme était ma fiancée, jeune, douce, naïve et tendre. »

Léna baisse les yeux sur ses mains trop sèches, ses mains déjà ridées.

« Je ne suis pas comme elle, lance-t-elle à l'oiseau qui s'envole. Je suis vieille, je suis dure, je suis sceptique et violente. »

Les gouttes se resserrent. Le faisan, en trois coups d'aile, a disparu. Léna court vers la maison, traverse le ruisseau sans retirer ses tennis, grimpe la côte de la forêt, le cœur battant si fort qu'il pourrait rompre, un goût de sang dans la bouche. En sortant du bois, elle l'aperçoit sur le perron : Philémon, debout, épiant l'horizon. Il la cherche. Il ne sait pas qu'elle le voit, qu'elle le surprend à attendre parce que, même s'il ne se passe jamais rien ici, on n'est pas à l'abri d'une catastrophe.

# Le Comité

« Veux-tu m'épouser ? » demande Michaël. Il n'avait pas prévu de le formuler ainsi. Il n'avait pas vraiment envie de se marier, mais lorsque Vanessa était apparue, au coin de la rue, portée par le printemps, avec ses longs bras dont elle ne savait que faire, qu'elle croisait, puis décroisait, passait dans son dos, puis laissait retomber le long de son corps, il avait été traversé par une force inconnue. Il était un Viking à la proue d'un navire, un chevalier lancé au triple galop sur son destrier, un homme canon. « Veux-tu m'épouser ? »

Vanessa s'était gratté la tête, le menton, avait levé les yeux au ciel, sans sourire, avec sérieux et concentration. Michaël aurait eu le temps de lui dire que c'était une plaisanterie, qu'il ne voulait à aucun prix brider sa liberté, qu'elle était si belle comme ça, au hasard de la rue ; il ne se lasserait jamais de cette manière qu'ils avaient de se retrouver sans avoir à se donner rendez-vous, comme si chaque rencontre était la première. Mais il avait manqué d'esprit. Il s'était fixé sur un agacement, un détail : pourquoi Vanessa ne parvenait-elle jamais à prendre une décision ? Il fallait toujours qu'elle réfléchisse, qu'il patiente. Parfois, Michaël avait l'impression qu'elle consultait un comité, que pour le moindre choix il lui fallait opérer un tour de table, procéder à un vote.

« Oui, dit-elle, plus vite qu'il ne l'avait prévu. Oui, marions-nous. »

*

Le comité. Michaël utilisait ce terme comme une métaphore. C'était l'appellation humoristique qu'il avait trouvée pour décrire l'indécision chronique de celle qu'il aimait. Et Vanessa elle-même, charmée par l'idée d'une instance capable de régir ses caprices, y avait parfois recours. « J'ai failli mettre une fortune dans une paire de bottes dorées, mais j'ai consulté le comité et – ouf ! – nous avons évité la ruine », pouvait-elle dire. La première fois, avouons-le, nous avons frémi – étions-nous découverts ? Et quand le Comité frémit, cela crée de violentes perturbations : averses soudaines, grêles d'été, pics de chaleur en février. Car le Comité existe, bien sûr. Nous existons. Nous siégeons, là-haut, dans les nuages, un peu comme Dieu, mais en plus administratif. Moins de fanfreluches et plus de tableurs, moins de barbes vénérables et plus d'huile de coude. Il est difficile, au premier abord, de faire la différence entre Dieu et nous, je le concède. Et pourtant, c'est assez simple : d'une part, Dieu n'existe pas, en tout cas pas aussi clairement que le Comité. Et d'autre part, Dieu est tout-puissant. Il sait tout, voit tout, règne sur tout. Le Comité est efficace, mais son activité est spasmodique, soumise à la météo et aux humeurs. Nous n'avons pas de superpouvoirs, si ce n'est, comme ces bons vieux mouchards rendus célèbres par les films d'espionnage, celui d'entendre et d'enregistrer, sauf qu'en ce qui nous concerne un raffinement technologique permet à nos capteurs de saisir les flux de pensée. Nous sommes une instance relativement contemplative, une oreille tendue, un regard sur le monde. Les gens sentent une sorte d'aura bienveillante autour d'eux, et cela les rassure, les stimule. Nous ne suscitons aucune passion religieuse, point de grâce à attendre, pas la moindre épiphanie à espérer de notre part. Nous sommes là et cela suffit. Notre présence est comparable à celle d'un animal domestique. Il nous arrive très rarement d'intervenir. Parfois, une brigade effectue « une descente » (c'est le terme consacré, pardon pour le jargon). En cas de menace lourde, par exemple, nous avons le loisir d'infléchir les flux, de les détourner en quelque sorte, comme on le dirait d'un ruisseau ou d'une rivière. Le moment du passage à l'acte nous échappe. Nous opérons forcément en amont, mais c'est risqué et extrêmement délicat. C'est pourquoi notre rôle consiste surtout à maintenir un certain degré de convivialité spirituelle. Vous l'avez peut-être remarqué, ou entendu, de nombreuses personnes qui se déclarent athées avouent néanmoins croire en quelque chose. Voilà, c'est ça le Comité.

Ma section est spécialisée dans le couple. Afin de mieux nous faire connaître du grand public, j'ai décidé, ou plutôt, *nous* avons décidé, car la structure du Comité est collégiale, de soumettre un échantillon de notre approche à… au… disons pour simplifier que, de la même manière que la Vierge Marie a parfois tenté – et en certaines occasions avec succès… je disais donc, à l'instar de la Vierge Marie lorsqu'elle procède à une apparition, nous – le Comité (section « Couple ») et moi-même – avons décidé de… nous manifester. Et, dans la mesure où Michaël et Vanessa se sont montrés particulièrement réceptifs à notre présence au fil des années, nous les avons choisis pour illustrer notre propos. Nous offrons ainsi au monde, via Internet, Hyperweb, et Ultraconnexionloop (UCL), une transcription brute d'un compte rendu de séance, consultable ci-dessous. Lors de nos réunions, permettez-moi de le préciser, nous avons coutume d'évoquer les entretiens à partir desquels nous établissons nos « cas ». Entretien est un terme excessif, dans la mesure où les candidats ne s'adressent pas directement à nous. Ils pensent et, sans qu'ils s'en aperçoivent, nous recueillons l'épanchement. Nous appelons cette technique « parole en insu » ; elle se pratique durant le sommeil ou dans les moments de moindre attention (trajets en métro, lecture du mode de collecte du lait imprimé sur les étiquettes collées aux bouteilles…). Pour plus de discrétion, les prénoms ont été changés.

*

Rapport VWFJ 40612. Session du 17 avril 1992.
Présentation et transcription des enregistrements.
Secrétaire de séance : Edmond #117, chargé de couple.

Pour mémoire, rappelons que Vanessa et Michaël sont mariés depuis neuf ans. Durant les dernières années, ils ont vu leur relation se dégrader. L'inconstance de Vanessa n'y est pour rien. Ses lenteurs, ses atermoiements constituent davantage un souvenir folklorique qu'autre chose. En vieillissant, Vanessa a, en effet, beaucoup gagné en assurance. Ce qui menace notre échantillon est plus sournois et dangereux. La cause de ce délitement ? Ce que d'aucuns appellent le ciment du couple, mais que nous autres, avertis comme nous le sommes par notre travail au sein de la section, appelons « les corrodeurs de l'amour », autrement dit, les enfants.

Vanessa avait trente-quatre ans quand Charlotte lui a rapporté la carte en relief avec écrit Joyeux Noël en lettres de coton pour figurer la neige. C'était de travers et légèrement poisseux – Charlotte n'a jamais été très appliquée –, mais cette carte toute laide qu'elle fût, dans les petites mains maladroites de Charlotte, avec l'amour, la fierté, la timidité dans ses yeux... Vanessa a cru qu'elle n'allait pas y survivre. Elle a presque eu envie de frapper sa fille – je cite – à cause de l'émotion qu'elle lui procurait. Elle évoque un choc semblable à celui que subit un boxeur qui reçoit l'uppercut. La comparaison est d'elle. Elle ajoute qu'elle a été sonnée.

Au moment de la fête des Mères – quelques mois plus tard, donc –, elle a eu droit à un dessin ; un portrait d'elle en pied, avec des coquillettes peintes en doré et collées à la base du rectangle qui représentait son cou. Il y avait un poème : *Maman, je t'aime, Parce que tu es belle, Tu es la meilleure des mamans*. C'était – selon l'expression de Vanessa – niais. Aucune rime, que des banalités. Mais quand Charlotte a croisé les mains dans son dos, qu'elle a pris une profonde inspiration et s'est mise à réciter en s'y reprenant à trois fois, parce qu'elle butait sur un mot ou un autre, Vanessa a cru qu'elle allait vomir. Lors de l'entretien, elle n'a pas parlé de nausée, ni de malaise. Elle a cette façon un peu crue, parfois presque provocatrice, de s'exprimer. « Vomir de tendresse, a-t-elle indiqué. Plus précisément de tendresse maternelle. Mais j'imagine que vous ignorez ce que c'est. » Je voyais parfaitement ce que c'était et je le lui ai dit. Je ne pense pas être sorti de mon rôle à cet instant ; cependant, en relatant l'échange devant vous, je ressens une certaine gêne ;

comme si je m'étais rendu coupable d'un mensonge, d'une complicité douteuse, ou encore de démagogie. « Peu importe », a-t-elle conclu.

Vous permettez que je passe l'enregistrement de l'entretien ? Ce n'est pas très protocolaire. J'hésite à employer le terme de déontologie, qui fâche toujours beaucoup de monde dans notre cercle… Je peux enclencher ? Cela ne dérange personne ? J'aimerais que vous entendiez sa voix, la naïveté dans sa voix. Je ne porte aucun jugement, bien entendu, je me borne à établir un constat de naïveté. Tout le monde est d'accord ? Levez la main si vous êtes contre… Bon, alors j'enclenche.

*Je vois d'ici mon épitaphe : « Les cadeaux rapportés de l'école par les enfants l'ont tuée. » Je suis même allée jusqu'à me demander s'il ne fallait pas que j'implore les instituteurs de mettre fin à cette pratique. Je n'étais sans doute pas la seule à souffrir. Nous étions des milliers de parents à avoir le cœur serré à en crever, deux ou trois fois par an, à cause de l'artisanat pathétique de nos enfants. Je n'ai rien dit, évidemment. Je n'ai rien fait. Je n'en ai pas parlé au conseil d'école. J'ai enduré. Et puis Noé est arrivé et nous avons eu droit à de nouveaux présents. « Un pot à crayons pour ton travail » que mon mari a promis d'emporter au bureau (sans le faire, bien sûr, sans le faire). Une trousse à maquillage en papiers d'emballage recyclés et tissés ensemble. Des gobelets en plastique recouverts de paillettes. Un cadre photo décoré de plumes orange (mais on ne fait plus de tirages, et le petit carré au centre est resté vide).*

Je me demande, en réécoutant son récit, si nous n'aurions pas dû intervenir à ce moment-là. Il aurait, je crois, été possible d'infléchir favorablement les choses en ouvrant un débat sur le perfectionnisme, sur les petites contrariétés qui font le lit de la grande insatisfaction. Mais continuons.

*Outre que ni l'un ni l'autre de nos enfants ne se montrait très habile manuellement et que leurs offrandes étaient la plupart du temps ratées et mystifiantes de laideur, le temps qui passait, les années qui s'accumulaient et, avec elles, le nombre d'objets reçus commençaient à poser la question du stockage. Les bonshommes en cure-pipes, les dessous-de-plat en pâte à sel, les poupées en coquillages, les cache-pots en raphia... tout cela s'empilait mal, encombrait les étagères de la bibliothèque, défigurait notre appartement. Mon mari et moi étions d'accord concernant le problème esthétique. Nous n'en parlions jamais. Le premier à évoquer le sujet savait qu'il se ferait étriper par l'autre. Nous vivions dans la terreur de l'emportement : « Oh, j'en ai assez. Je n'en peux plus de voir ces merdes dans tous les coins de la maison ! » Nous avons tant de fois, Michaël et moi, prononcé cette phrase mentalement. Terrifiés à la pensée de la laisser échapper car elle aurait reçu en réponse une accusation méritée sur le manque de cœur, l'égoïsme, l'indifférence... C'est amusant, car, en vous le disant, je me rends compte que ce n'est pas tout à fait vrai. Nous n'avions pas peur l'un de l'autre. Nous nous redoutions nous-mêmes.*

Là encore, pardon, mais nous tenions l'occasion rêvée pour une descente. Il me semble que, par le passé, on envoyait des brigades pour moins que ça. Cette prétendue peur du dialogue qui n'est en fait que la dégénérescence d'un monologue intérieur. Loin de moi l'idée de critiquer l'institution, comprenez-moi bien, mais tout de même… Des questions ? Oui, oui, on reprend, on reprend.

*Il nous arrivait parfois d'être invités chez des gens. Des gens comme nous, des amis, mais, comment dire ? plus chic. Du même milieu, mais plus organisés. Je ne sais pas. En tout cas, chez eux, il n'y avait pas la moindre trace d'art brut. La première fois que nous avons dîné là-bas, je n'ai rien remarqué, seulement que c'était propre. J'avais aussi l'impression de mieux respirer. Sur le chemin du retour, Michaël a dit : « Ils ont beaucoup de goût, tu ne trouves pas ? » et je l'ai très mal pris. J'ai eu immédiatement envie de pleurer. Je ne sais pas pourquoi. Si, en fait, je sais. Je l'ai pris pour moi. Comme si Eleanor – c'est le nom de notre amie, un très joli nom, sonore, pas commun – avait été une meilleure femme d'intérieur que moi, une hôtesse plus accomplie, une épouse plus distinguée. C'est idiot parce qu'il n'a pas parlé d'elle, mais du couple qu'elle forme avec Alexandre. C'est bête aussi parce que je n'ai jamais brigué le titre de meilleure femme d'intérieur. Je travaille à l'inspection des impôts à un poste assez haut placé et... Mais vous savez tout ça... La première fois, chez Eleanor et Alexandre, j'ai donc pensé qu'ils avaient un bel appartement et une femme de ménage efficace. Ce n'est que lors de notre seconde visite que j'ai compris ce qui créait cette merveilleuse impression de netteté : sur les étagères, des livres, une statuette ; sur les consoles, un vase, une horloge ; sur la cheminée une gravure dans son cadre, une lampe ancienne ; sur les plaques de radiateur, rien ; sur la table basse, le catalogue d'une exposition, un immense cendrier impeccable ; sur l'accoudoir du canapé, un chat.*

Pardon d'interrompre la bande de nouveau. Même si je me refuse à vous servir le couplet de l'envie et de la jalousie, de l'herbe plus verte qui, on le sait, est l'ennemi numéro un du couple, je ne peux m'empêcher de faire remarquer aux membres du Comité, à vous mes chers confrères, que nous sommes typiquement là en présence d'un… bref, je pense que nous aurions pu… Oui, Martha, vous avez raison, j'enclenche, j'enclenche.

*Chez nous, la moindre surface horizontale se changeait en piste d'atterrissage pour coquetiers peints, portefeuilles en feutrine, minisapin de noël en terre cuite, boîte à je-ne-sais-quoi en origami rehaussée de sequins. Je n'ai rien dit à Michaël en sortant. Il est resté muet, lui aussi, durant tout le trajet. À la maison, une fois dans la salle de bains, il a pesté contre les trois tubes de dentifrice entamés qui trônaient en bouquet dans un verre à dents. « Pourquoi on en a trois ? » a-t-il grommelé. Dans ma tête, j'ai répondu : « Un pour tous les jours, un que tu as acheté quand tu étais en déplacement à Limoges. Quant au troisième, je ne sais pas. Sans doute l'œuvre du diable. » J'ai ri à cause de cette dernière hypothèse. Ma gaîté inattendue a soulagé son irritation. Il m'a serrée dans ses bras. Vous connaissez la suite.*

Alors oui, certes, Martha qui m'a assisté sur ce cas a raison : en intervenant plus tôt, nous aurions risqué de nuire à la réconciliation spontanée. Nous aurions eu tort de ne pas miser sur une véritable relance. Et pourtant, et pourtant, écoutez :

*Au milieu de la nuit, de cette fameuse nuit d'après le dîner, je me suis réveillée en sursaut. Les yeux grands ouverts, écarquillés sur le gris bleuté du plafond, je me suis demandé : « Qui, d'Eleanor ou d'Alexandre, les jette ? » Je pensais aux cadeaux rapportés de l'école par les enfants – Katia, Hippolyte et Réjane –, mais c'est comme si j'avais songé à une portée de chatons noyés. À qui appartenait la main criminelle ? Dans quel genre de poubelle balance-t-on les œuvres d'art inspirées par l'amour filial ? Quelle explication donne-t-on aux enfants ? Je n'ai réussi à me rendormir que dix minutes avant la sonnerie du réveil. Pourtant, la veille encore... Comment s'expliquer qu'un couple comme le nôtre, où le dialogue et l'échange... Du jour au lendemain, oui, voilà, c'est comme ça, sans raison, ou bien par lassitude, deux personnes cessent de s'aimer. Je ne sais d'ailleurs pas si nous nous aimions encore. Il m'arrive de penser que nous ne nous sommes jamais aimés, aussi souvent que l'inverse. Parfois, je suis persuadée que nous nous aimons toujours, que nous nous aimerons à jamais.*

Je propose une minute de silence méditatif en l'honneur de cette hésitation sublime : « jamais aimés/nous aimerons à jamais ». Vanessa a, je crois, mis le doigt sur l'origine du mal, si je puis dire.

*Devant l'absence d'étonnement chez Michaël quand j'ai déclaré que nous étions, selon moi, au bout du rouleau, qu'il ne se passait plus grand-chose entre nous, que nous ferions peut-être mieux de... j'ai compris qu'il en était au même point. Il avait, lui aussi, dans son coin, sans rien en dire, terminé notre histoire. Il a demandé « Pourquoi ? » d'un ton poli. J'ai répondu avec amabilité que lorsque nous nous étions rencontrés, j'étais attendrie par le fait que toutes ses phrases commençaient par « où » : Où est mon manteau ? Où est la facture de gaz ? Où j'ai garé le scooter ? Où sont mes chaussettes ? Où est le sel ? Je connaissais les réponses. Je les lui donnais. Grâce à moi rien n'était perdu. Grâce à moi, il s'y retrouvait. J'étais indispensable. « Au début, c'était mignon, ai-je expliqué. Mais ça ne m'amuse plus. Treize ans de géolocalisation ont terni mon enthousiasme. » Il a souri. J'ai un certain talent avec les mots. C'était mon dernier effort de séduction. Comme une perche que je lui tendais, au cas où il n'aurait pas été trop tard pour sauver notre amour. Si à cet instant il m'avait embrassée... Je n'en sais rien. J'aimerais que ma clairvoyance vous impressionne.*

Nous avons effectivement été impressionnés, Martha et moi, par la clairvoyance de Vanessa. Nous nous sommes laissé fasciner et… Mais je vois une main qui se lève. Oui ?… Que j'enclenche de nouveau ? Vous voulez connaître la suite ? C'est naturel. J'enclenche, j'enclenche.

*Après ça, tout est allé très vite. Le soir même il dormait dans le canapé du salon. Les enfants ont compris sans même qu'on ait eu besoin de leur expliquer. Mon mari a tenu à me laisser l'appartement. Il a loué un trois-pièces près de la maison. J'ai accepté d'être caution solidaire. Il a tenu à me le montrer. C'était un endroit très lumineux qui le rajeunissait. J'ai été traversée par l'idée de tout laisser tomber, le travail, l'appartement familial, Charlotte, Noé, la vie d'avant, pour emménager avec lui, en amoureux. Seulement traversée. Et puis il a fallu partager les affaires, les meubles. J'ai été étonnée par la facilité, par notre bonne entente : les livres de droit et la poésie, pour moi. La science-fiction et l'ornithologie, pour lui. Les classiques, pour lui. Les modernes, pour moi. Les cartons se remplissaient, les étagères se vidaient, elles avaient soudain l'air très sales, des traces noires en forme de doigt ou de rideau se dessinaient partout. La poussière nous poissait les mains, irritait la peau de mon visage. J'ai hésité face à deux œufs de Pâques peints à notre effigie, mon mari avec sa barbe au feutre marron, moi avec mes cheveux blonds au feutre jaune. Nos regards se sont malencontreusement croisés à cet instant. J'ai tendu l'œuf qui le représentait à mon mari : « Tu veux l'emporter ? – Non, a-t-il répondu, je préfère prendre l'autre », et il a saisi l'œuf aux cheveux jaunes. Quel gâchis, ai-je songé. Mais je n'ai rien dit.*

*

Comme vous le constatez, si vous avez eu la bonne idée de vous connecter et de lire ce rapport, nous sommes loin du conte de fées. Les êtres humains sont beaucoup moins influençables aujourd'hui que par le passé. Ils se méfient de leurs sentiments, de leurs affects, et c'est un problème que nous avons grand mal à contourner dans l'accomplissement de nos missions. Cependant, comme je sais, par ailleurs, que l'être humain est curieux et n'aime rien tant que connaître la fin – lorsqu'il s'agit d'une histoire, bien entendu, et d'une histoire d'amour qui plus est –, je vais vous contenter. En ces temps de divorces toujours plus nombreux et toujours plus précoces, nous avons récemment créé une section « Épilogue » au sein de nos archives. En voici un extrait : « Quelques années plus tard, alors que nous avions cessé de nous intéresser à ce couple (une carence de trois ans s'applique systématiquement après une séparation), l'œuf peint représentant Michaël s'est cassé accidentellement. Vanessa a pleuré. Elle a pensé un instant appeler son ancien mari pour lui demander comment se portait l'œuf aux cheveux jaunes, mais elle y a renoncé. »

Pour ceux que notre existence intéresse (nous ne possédons malheureusement pas la licence nécessaire à l'emploi de l'expression « nos services », pourtant si efficace commercialement), nous sommes consultables… à quoi bon le signaler, c'est enfantin… vous savez bien comment.

# La table de Mendeleïev

Mercedes Esteban. Cela vous dit quelque chose ? Peut-être y a-t-il, près de chez vous, un square qui porte ce nom. Square Mercedes-Esteban. Mais peut-être est-ce plutôt une impasse Mercedes-Esteban, ou encore une cité Mercedes-Esteban. Moi, c'est différent. Je l'ai connue personnellement, à l'époque de sa gloire.

C'était un grand écrivain, pas au point de donner son nom à une avenue ou à un boulevard, mais tout de même. Par exemple, elle adorait répondre à la question concernant « l'habitude du succès ». On la lui posait souvent. Peut-être pour le plaisir de voir son beau visage en forme de double éventail s'ouvrir et ensoleiller l'espace tout autour. « Mercedes, lui disait-on (les journalistes, dès les premiers frémissements de notoriété avaient décidé, comme d'un commun accord, de ne l'appeler que par son prénom), Mercedes, est-ce qu'on peut parler en ce qui vous concerne "d'habitude du succès" ? » Sourire, dents mal plantées mais d'une blancheur stupéfiante, double éventail radieux, longs cils faisant battre des paupières un peu lourdes, rire étouffé, contrôlé, travaillé. « Non, répondait-elle. Comment s'habituer ? S'habituer à la joie ? Comment ? » et, de nouveau, un rire. Personne n'était parvenu à identifier son accent, très léger, fugace. Il faisait partie du personnage au même titre que l'énorme médaillon niché entre ses deux gros seins.

Hypnotique.

Le médaillon, ou les seins ?

Les deux.

Son corps, même en photo, même à la radio, dégageait un parfum sinueux de cardamome. Ses romans étaient souvent adaptés à la télévision. Elle avait vendu un scénario à Hollywood. À l'époque, on parlait encore de Hollywood. Elle était l'amie intime de Jeremy Copland et de Patricia McDawney. Je crois même qu'elle était la marraine de leur quatrième enfant. Vous vous demandez sans doute comment j'ai eu l'occasion de l'approcher, n'étant moi-même qu'un aspirant, un enfant. C'est comme cela qu'elle me désignait. « Toi, tu n'es qu'un enfant ! » s'exclamait-elle en s'agrippant à son médaillon.

Nous étions voisins. Elle possédait la maison au fond de la cour. Ma mère et moi vivions dans un studio mitoyen de sa salle de bains, au premier étage. Mercedes m'autorisait à jouer dans son jardin. J'étais le seul enfant de la résidence à avoir ce privilège. Elle appelait ma mère « guapita », ce qui veut dire « ma belle ». « C'est de l'espagnol ? avais-je demandé à maman. – Oui, avait-elle répondu. – Alors, Mercedes est espagnole ? Comme toi ? – Non. Mercedes est écrivain. Il ne faut pas la déranger. » Pourtant, le mercredi, alors que je jonglais seul avec mon ballon, Mercedes me faisait signe depuis son jardin séparé de la cour commune par une haie de bambous. « Viens, viens, mon garçon ! murmurait-elle. Tu seras plus tranquille ici. » Je me glissais entre les branches et disparaissais dans son écrin, genre de forêt tropicale où le ballon n'était pas l'accessoire idéal. Mais je n'avais pas besoin d'accessoire. Une fois passé la haie, je ne désirais plus jouer. Je m'asseyais sur le rebord de la fenêtre du rez-de-chaussée, là où Mercedes avait installé sa table de travail couverte de papiers et de cahiers, avec une machine à écrire et un ordinateur posés côte à côte, comme en conversation, en compétition. La plupart du temps, elle n'écrivait pas. Elle fumait des cigarillos en tripotant son médaillon. Les rares fois où je l'ai vue un stylo à la main, elle prenait des notes dans un calepin de poche. Mais peut-être était-ce une liste de courses. Dans le caddy à triple roue qu'elle aimait prêter à ma mère (« C'est si pratique, guapita, pour monter les trottoirs ! »), j'avais trouvé à plusieurs reprises des feuilles arrachées à ce même carnet, sur lesquelles on lisait : *champignons noirs séchés, huile d'avocat, concombres pepinos, tresse d'ail, beurre.* La fumée qui s'élevait au-dessus de sa tête formait d'harmonieuses volutes et c'est, jusqu'à aujourd'hui, sous cette forme unique, nébuleuse, trouble, que je me représente l'inspiration. « Tu ne joues pas ? me demandait Mercedes, se rendant soudain compte que je la regardais. – Si, si, je joue », répondais-je. Et c'était comme un secret entre nous : « Si me regarder ne rien faire, c'est jouer, alors ne rien faire sous ton regard, c'est écrire », semblait-elle répondre d'un hochement de tête.

Les autres habitants de la cour n'avaient pas conscience, je crois, que la maison du fond, avec son toit pointu bordé d'une corniche peinte en vert tendre, abritait une célébrité. C'était, et c'est encore aujourd'hui, un quartier pauvre. Je ne veux pas dire que les pauvres ne lisent pas, ni qu'ils ne regardent pas les informations. Non. Les pauvres parcourent le journal comme tout le monde, mais ils ne se fient pas toujours à ce qu'ils voient. Ils ne peuvent s'imaginer, par exemple, qu'un écrivain célèbre ait l'idée saugrenue de loger près de chez eux. S'ils reconnaissent son visage sur une photo, dans un magazine, ils disent « Tiens, on dirait la voisine. » Quand ils voient le nom sur la boîte aux lettres, ils ne prennent pas le temps de le déchiffrer. Il y avait Maria-Luisa Lopez, ma mère, et juste en dessous, Mercedes Esteban. Ce n'étaient pas vraiment des personnes. C'était le clan des Espagnoles.

Ma mère, elle, a su tout de suite. Justement parce qu'elle est espagnole et que Mercedes ne l'était pas. Elle a compris que quelque chose de particulier se tramait au fond de la cour, quelque chose comme de la sorcellerie. Car pourquoi, autrement, choisir de s'appeler Mercedes Esteban ? À quoi bon l'accent, à quoi bon le masque, si ce n'était pour perpétrer quelque forfait. « Sorcellerie », « forfait » sont les mots que je choisis aujourd'hui, des années plus tard, pour interpréter des impressions anciennes. Ma mère ne les aurait jamais utilisés. Elle appréciait énormément Mercedes. Sa présence dans notre cour dessinait… comment dire ? Un point de salvation.

C'est dans cette direction abstraite que ma mère a dirigé son index hésitant la seule fois où elle m'a parlé d'avenir. J'étais en CM2. (L'index de ma mère, en cette occasion, est demeuré, je m'empresse de le préciser, purement métaphorique ; ses mains, ce jour-là, avaient à faire avec des carottes, des navets et des topinambours.) Simplement, pendant tout le temps où elle me parlait – études, filières, devoirs, ténacité, application, assiduité, informatique, notes, tenue –, elle gardait les yeux rivés sur la maison au toit pointu et à la corniche vert tendre.

J'ai choisi la chimie. Dans quelques heures, si tout va bien, j'aurai obtenu mon diplôme de fin d'études. Je serai chimiste. C'est un métier qui, je le découvre, ne ressemble pas du tout à ce que j'imaginais à dix-huit ans. Et encore moins à la représentation que j'en avais à onze ans (fioles, cornues, liquides colorés, explosions !). Le mot « laboratoire » m'a toujours enchanté, et tant pis si je travaille dans un bureau. Je conserve le mot.

Quel rapport avec Mercedes ?

Aucun.

Vraiment ?

Si. Pourtant si. C'est tellement clair que cela m'échappe, comme l'eau entre les doigts.

Je reprends.

Il s'agit de destinées. De mots. De l'idée que l'on se fait d'une pratique. Disons que je suis chimiste, ou que je le serai, comme Mercedes était devenue écrivain, sur un malentendu. Si vous vous souvenez d'elle, vous vous rappelez forcément qu'elle a disparu brutalement. Je n'emploie pas ce verbe comme un euphémisme. Mercedes n'est pas morte. Elle s'est volatilisée. Aujourd'hui, la maison à la corniche vert tendre est habitée par une famille tapageuse qui fête sans cesse quelque chose. Vin blanc frais. Tous les prétextes sont bons. Ma mère fait le ménage chez eux depuis qu'elle est à la retraite.

« Tu les détestes, non ? lui dis-je.

– Non.

– Mais si, voyons, maman. Avoue-le. Il n'y a rien de mal à haïr son patron.

– C'est seulement l'odeur, concède-t-elle enfin. Cette odeur de vin blanc, amère, écœurante, comme de la vieille salive.

– Tu préférais la fumée du cigarillo ? »

Elle acquiesce avec un sourire nostalgique, jumeau

exact de celui qu'elle affiche quand elle prononce le mot *pastel*, qui signifie « gâteau ».

Mercedes est partie en fumée. Elle s'est évaporée d'un coup. En chimie, on parle de sublimation quand un solide passe à l'état gazeux sans fonte préalable. J'aime penser que Mercedes est devenue sublime. Où est-elle aujourd'hui ? Morte sans doute, puisque tant de rues et d'impasses et de jardins portent son nom.

Morte ?

Je n'en suis pas certain.

Quelques jours avant son départ, elle m'a fait signe, comme souvent.

« Viens, viens par ici, mon garçon. »

Pour la première fois, elle m'a invité à l'intérieur de sa maison. Tout y était parfaitement en ordre. La table de travail était nette. Aucun objet ne l'encombrait. Quelque chose en moi a compris que c'était mauvais signe. Mais plus tard. Sur le moment, j'ai surtout été frappé par la clarté de l'atmosphère, comme si chaque latte de parquet, chaque poignée de fenêtre, chaque miroir avait été astiqué.

« Que dirais-tu de t'asseoir sur mes genoux ? a-t-elle proposé d'un ton rêveur. Je n'ai pas l'habitude. Est-ce que les garçons de ton âge s'asseyent sur les genoux des dames ? »

J'avais onze ans, mais j'en paraissais neuf. Je me suis installé sur ses cuisses larges et pleines. J'ai prié pour que ma mère ne nous voie pas, qu'elle ne sache jamais, hanté que j'étais par le sentiment de l'adultère, sans connaître le mot « adultère ».

« Je vais te raconter une histoire, a-t-elle déclaré en oubliant de rouler les *r*. Après tout, c'est mon métier. C'est une histoire que personne ne connaît. Tu as le droit d'en parler à qui tu veux, sauf que mon petit doigt me dit que tu ne le feras pas. On est amis, non ? »

Je respirais son parfum sinueux ; il se mêlait à un effluve que je peux qualifier aujourd'hui de sueur mais qui, alors, m'évoquait l'odeur dégagée par les tiges de certaines plantes quand on les brise, et j'ai eu un pressentiment. Quelque chose de triste va arriver. Mercedes est brisée.

« Hier, mon garçon, je suis allée dans un endroit où je n'aurais pas dû aller. Mais peut-être est-ce le contraire. Peut-être était-ce exactement là qu'il fallait que j'aille. Tu aimes les contes de fées, les légendes ? Quand tu seras grand et que tu te rappelleras l'histoire que je vais te raconter, tu penseras que c'est une légende. Tu veux bien ? Ça, tu dois me le promettre. »

Elle n'a pas attendu que je jure. Elle ne m'a même pas regardé. Elle a poursuivi, lentement, comme aimantée par sa propre voix :

« Pourquoi je suis sortie de chez moi, pour quelle raison, pour rencontrer quel homme, quelle femme ? Peu importe. L'histoire ne dit pas tout. Lorsqu'elle commence, je suis dans le métro et je descends à la dernière station de la ligne. Je serre mon sac à main contre ma poitrine à cause des pickpockets dont nous parle une voix diffusée dans la rame. Tu sais ce que ça veut dire "pickpocket" ? Oui, bien sûr que tu sais. C'est un mot si plaisant. Quand je sors du métro, il fait déjà nuit. Les rues sont désertes et je me mets à avoir peur. J'ai raison d'avoir peur, car cinq minutes plus tard, je suis par terre, sur le trottoir, et quatre filles, des jeunes filles très jolies, très maquillées, avec une haute queue-de-cheval au sommet de leur crâne, me donnent des coups de pied dans le ventre en me traitant de vieille… Je ne peux pas te dire de quoi elles m'ont traitée, mais ce n'était pas du tout correct. Beaucoup de gros mots. Ne te raidis pas comme ça. N'aie pas peur. C'étaient des petites filles. Elles n'avaient pas la force de me tuer, et d'ailleurs, tu vois bien, je suis là, je suis vivante, non ? Et je n'ai aucune cicatrice, aucun bleu. Regarde-moi ! »

Je lève les yeux et je pense : Les filles l'ont frappée au ventre. C'est là que sont ses bleus et je prie de nouveau, cette fois pour qu'elle ne soulève pas son gilet, sa tunique. Je remarque que le médaillon a disparu. Le double éventail de son sourire se déploie. Je souris à mon tour pour qu'elle continue.

« Je te mentirais si je te disais que je n'ai pas eu mal. J'ai eu très mal et j'ai crié. Personne n'est venu. Elles m'ont pris mon sac, m'ont tiré les cheveux. Elles m'ont dit que j'étais moche et que je méritais de mourir. »

Pas un mot sur le médaillon.

« J'ai pleuré et j'ai vomi. Je ne devrais pas te dire ça parce que ça risque de te dégoûter, mais parfois, on a besoin de certains détails réalistes. Tu comprends ? Tu connais le mot "réalisme" ? C'est un mot facile. Et puis surtout, c'est à cause du vomi, ou plutôt grâce au vomi qu'elles ont fini par déguerpir. Parce que c'étaient des petites jeunes filles très propres, avec des tee-shirts repassés, des tennis impeccables, comme si leurs vêtements venaient de sortir de la machine ou du magasin. Elles m'ont laissée par peur de se salir. Elle te dégoûte, mon histoire ? »

J'ai secoué la tête et j'ai souri. Comme si elle m'avait raconté un pique-nique en forêt.

« Mon garçon », a-t-elle dit dans un soupir. Et j'ai entendu : « Bon garçon. »

Puis elle a poursuivi son récit :

« J'ai regardé alentour. Je me suis relevée à grand-peine. J'étais sale. Il fallait que je trouve un coin pour me cacher, me nettoyer. J'ai marché lentement, sans rencontrer personne. En me tenant les côtes, serrant mon propre corps comme pour le consoler. Plus de sac, plus d'argent, plus de ticket, plus rien. Si loin de chez moi et aucun moyen d'y retourner. J'aurais dû aller au poste de police, mais je n'avais aucune idée de l'endroit où il était situé. J'étais perdue. Les réverbères n'éclairaient rien. Sur la droite il y avait une impasse plus sombre encore que la rue. C'est là que j'ai choisi de me réfugier. C'était une drôle d'idée parce que l'obscurité était effrayante. Là, j'aurais pu mourir, on aurait pu m'achever. Mais plus j'avançais, plus mon cœur s'apaisait. Comme le moment où l'on parvient enfin à s'endormir après une longue insomnie. Tu ne connais pas ça, toi, l'insomnie ? »

Elle se trompait. Les fissures du plafond de ma chambre m'étaient aussi familières que les lignes de ma main. Je ne l'ai pas interrompue. À l'époque, je savais déjà qu'il est nécessaire pour les adultes de se faire une certaine idée de l'enfance, j'ignore à quoi cela leur sert. Je sais aussi qu'il est inutile d'essayer de les détromper.

« Je me suis assise par terre, tout au fond de l'allée, contre un grillage qui a ployé doucement dans mon dos. C'était confortable, j'aurais pu m'endormir. C'est une odeur qui m'en a empêchée. Un parfum pointu, mordoré, ancien. Du buis. Je me suis redressée et j'ai cherché de quel côté il poussait. La nuit était soudain devenue plus claire. La lune s'était-elle levée entretemps ? Des bouleaux aux troncs nacrés, dans le noir qui virait au brun et au bleu, se dressaient de l'autre côté du grillage. Ils m'invitaient à les rejoindre en faisant tinter dans la brise leurs minuscules feuilles en forme de cœur. J'ai escaladé. C'est incroyable, non ? Alors que j'étais mourante, cinq minutes plus tôt. Je me suis accrochée, j'ai lancé une jambe en l'air, sans élégance, et je suis retombée lourdement de l'autre côté. Dès que mon flanc a touché le sol, j'ai reconnu l'endroit. Je me suis mise à marcher sur la pelouse moelleuse, sachant ou j'allais car je savais où j'étais. »

Mercedes était dans le passé. Le bond qu'elle avait accompli lui avait fait remonter une quarantaine d'années d'un coup. Voilà qu'elle se retrouvait dans le parc de son école. C'était une école primaire de banlieue construite dans les années cinquante au sommet d'une petite colline, et dont le luxe, outre de larges baies vitrées, consistait – fait rare en ville – en un véritable jardin dans lequel les enfants les plus sages avaient le droit d'aller jouer. Cette récompense valait tous les bons points. Dans la cour goudronnée, on hurlait, on se faisait saigner du nez, on s'arrachait des touffes de cheveux, on étalait sa morve sur les troncs de trois platanes aux moignons douloureux. Dans le parc paysager, on sautillait avec grâce, on chantonnait, on accomplissait des miracles de tricotage aux jeux de ficelle, on échangeait des images représentant des animaux de la steppe dont on connaissait tous les noms, même les plus compliqués. Mercedes n'avait encore jamais été admise au paradis des élèves parfaites. Elle se tenait tranquille jusqu'au vendredi matin, mais dès le vendredi midi, le diable s'emparait de son corps, lui faisait renverser son verre d'eau à la cantine, lui soufflait de faire un croche-pied à une plus petite qu'elle, à copier sur sa voisine la leçon qu'elle avait pourtant apprise et connaissait par cœur.

Lorsqu'elle se rendit compte, le samedi 19 mai à dix heures et quart, que, pour la première fois depuis son entrée à l'école élémentaire, elle n'avait pas fait la moindre bêtise en une semaine, elle fut si surprise qu'elle faillit grimper sur sa chaise, les bras au-dessus de la tête en triomphe, ce qui aurait tout gâché. Mademoiselle Vernay eut, elle aussi, l'air étonné en lisant le nom de Mercedes sur la liste des chérubins ayant obtenu le droit de se rendre en récréation côté paradis. Peut-être devrais-je glisser à cet instant que, à l'époque, Mercedes Esteban s'appelait Muriel Estienne.

« Muriel Estienne ! » annonça mademoiselle Vernay. Et le cœur de Muriel se mit à battre si fort qu'elle eut peur de perdre son privilège à cause du bruit que produisait cette pompe endiablée au centre de sa poitrine. Le nirvana était derrière la porte au fond de la classe. Le flot des élèves ordinaires s'écoulait par la porte de devant. Muriel prit place dans le groupe de cinq fillettes (des habituées) aux tresses impeccables, aux macarons semblables à des chefs-d'œuvre de pâtissier, aux cols blancs aussi cassants que des meringues, aux socquettes ni trop serrées ni trop lâches, aux genoux sans couronne, au port de reine et de princesse.

Petit mouton noir, se dit Muriel en elle-même, pleine de compassion et de tendresse pour son propre statut, n'osant lever les yeux vers les premières de la classe, persuadée qu'elles la rejetteraient, qu'elles la haïssaient depuis toujours et n'attendaient qu'une occasion pareille pour lui signifier qu'elle n'avait pas sa place dans le Gotha. C'était sans compter sur le fait que certaines petites filles sages le sont jusqu'à l'os. Deux d'entre elles lui tendirent la main. Elle y nicha ses doigts incrédules avec volupté. Paumes douces, propres, lisses et sans moiteur. Elle eut aussitôt honte de ses battoirs dégoûtants qu'elle passait distraitement sous l'eau sans prendre la peine d'y ajouter du savon. Quand la porte se referma dans leur dos et que Muriel sentit le soleil lécher son visage, dans la douceur de cet air qui ignorait le vent car de hauts peupliers protégeaient le lopin sacré, elle crut défaillir. Ses chevilles étaient molles, ses pieds se tordaient.

« Viens », lui dit Cécile. La plus blonde, la plus menue, la plus jolie d'entre toutes.

À quoi devrons-nous jouer ? s'interrogea Muriel, inquiète. Elle n'avait pas l'habitude des loisirs calmes, aimait la course, les bagarres, les défis. Mais elles ne jouèrent pas. Elles allèrent se poster sous un orme pleureur et Cécile dit : « C'est beau ici, tu ne trouves pas ? »

Muriel hocha la tête et tenta un demi-sourire qu'elle espérait distingué.

« Je t'ai fait un dessin, déclara Cécile après un long silence. Ça fait longtemps que j'attends que tu viennes ici pour te le donner. »

Muriel s'empara du rouleau noué par un ruban de satin que lui tendait Cécile.

« Vas-y, regarde, c'est pour toi. Ça te plaît ? C'est la vue depuis chez moi. J'habite au quatorzième étage d'un immeuble ultramoderne. »

C'était dit sans prétention, sur le ton du constat. Muriel déroula son cadeau et découvrit une mosaïque aux pastels, mêlant, dans une perspective écrasée, toits et futaies, automobiles, fleurs et chaussures des passants. C'était très coloré, vibrant. Elle saliva. J'adore. J'adore ce dessin, pensa-t-elle. Puis elle se demanda comment de simples taches sur du papier pouvaient produire autant d'effet. Elle ne trouva pas de réponse.

« Merci », dit-elle. Et, soudain, elle sentit une vague de mépris l'envahir.

Comment Cécile, qui avait tant de talent, comment

Cécile, qui était un génie, avait-elle pu la choisir, elle ? Muriel ne se sentait pas digne de cette élection. Elle était maladroite, grossière, n'avait rien de commun avec cette enfant de cristal. Histoire de la punir, elle plia la feuille en quatre ; ce qui, elle le savait, allait abîmer le dessin. Cécile esquissa une moue d'inquiétude. Muriel rangea la feuille pliée dans la minuscule poche à l'avant de sa jupe et s'assit par terre, dans l'herbe légèrement humide, au pied de l'orme pleureur, afin d'achever son petit travail de destruction. Elles n'échangèrent plus une parole, plus un regard. De temps à autre, Muriel produisait un bruit de bouche : soupir, ronflement, pétarade.

Quelque temps plus tard, elle découvrit qu'un magazine féminin, auquel sa mère était abonnée, organisait un concours de dessin pour les enfants. Elle envoya le chef-d'œuvre de Cécile après l'avoir défroissé en le glissant sous l'encyclopédie en quatre tomes qui contenait « tout le savoir mondial actuel ». Elle prit également soin d'apposer sa signature en bas à droite, là où Cécile avait négligé, modestie oblige, de coucher son propre nom.

Elle gagna.

Le jour de la remise du prix, Muriel monta sur le podium et, quand l'animatrice lui demanda quelle avait été son inspiration, elle répondit sans ciller : « J'ai imaginé que j'habitais au quatorzième étage d'un immeuble ultramoderne. » L'animatrice lui demanda alors : « Et où habites-tu, vraiment ? – Dans une loge, au rez-de-chaussée, ma mère est concierge. »

C'était faux. Elle vivait dans un pavillon avec jardin à Clichy-sous-Bois. Son mensonge lui avait été inspiré par sa meilleure amie de maternelle, Mercedes Esteban, fille de la gardienne de l'école.

Lorsque, quelques années après, la journaliste qui avait lancé le concours devint rédactrice en chef du magazine, elle rechercha les coordonnées de la fillette pleine de talent et d'imagination qui les avait tant charmés lors du palmarès, afin de lui commander une nouvelle. Muriel accepta aussitôt. Elle fit part de son désir de prendre un pseudonyme, et ce fut le premier succès de Mercedes Esteban, lequel en entraîna un autre, puis un autre, et encore un autre, jusqu'à ce qu'on finisse par poser à l'auteur la récurrente question sur l'habitude du succès.

« Mais les histoires, c'est vous qui les écrivez ? » lui ai-je demandé, interrompant son récit.

J'avais compris, au tremblement de sa voix, à la crispation de ses mains qui enserraient mes bras, qu'elle souffrait. Je ne connaissais pas le mot « imposture », pas plus que le mot « usurpation ». Une des particularités tragi-comiques de l'enfance est que l'on traverse une gamme infinie de sentiments dont on ignore les noms. Tant que le mot n'a pas épinglé la sensation, comme une aiguille perçant le thorax d'un insecte, les impressions papillonnent en liberté autour de nous et en nous, éblouissantes, féeriques, mais parfois aussi menaçantes car nous n'avons aucune idée de leur trajectoire, de leur taille, de leur venimosité.

J'ai répété ma question : « Les histoires, c'est vous qui les écrivez ? »

Elle a secoué la tête. N'a pas répondu. S'est mordu les lèvres.

« Tu sais bien. Tu m'as vue ! » a-t-elle fini par lancer. J'ai pensé à son calepin qui ne contenait que des listes de courses, à la machine à écrire qu'elle n'approchait jamais, à l'ordinateur qu'elle ne touchait pas plus. Aux volutes de fumée au-dessus de sa tête.

Il y avait pourtant des romans, une œuvre, le succès.

Elle m'a dit de me lever, s'est dirigée vers un meuble à tiroirs, si petit qu'on l'aurait cru sorti d'une maison de poupées. Elle a ouvert un des casiers et en a tiré son médaillon.

« Tiens ! m'a-t-elle dit. C'est pour toi. »

J'ai pris le bijou dans ma main. La chaleur qu'il dégageait entre mes doigts était-elle celle de sa paume ou celle de ses seins ? Était-il magique ? Écrivait-il les histoires à sa place ? Et si je le passais autour de mon cou, ferait-il de moi un grand romancier ?

Après ça, je n'ai plus revu Mercedes. Son nom a disparu des journaux, des magazines, de la radio, de la télévision. Quelques années plus tard, il est venu se poser sur des plaques en fer bleu à cadre vert.

Aujourd'hui, j'ai vingt-cinq ans. Je connais le sens des mots « usurpation », « imposture », et même « plagiat ». Comme sur la table de Mendeleïev, chaque élément de mon existence porte désormais un nom. Rien n'échappe à mon esprit classificateur. Pourtant, lorsque je pense à Mercedes Esteban, comme je le fais en ce moment, alors que je m'apprête à soutenir ma thèse et que je serre, au creux de mon poing, au fond de ma poche, le médaillon qu'elle m'a légué, deux mots continuent de voleter autour de moi, instables, à la recherche d'une incarnation, telles deux phalènes folles fascinées par le filament d'une ampoule : « pickpocket » et « réalisme ». Double éventail d'un sourire disparu.

« Vol » et « vérité » ?

Non. Aucune substitution n'est possible.

Seulement des superpositions. Des suppositions. Le message codé qu'une femme transmet à un petit garçon, assurée que jamais il ne parviendra à en découvrir le chiffre.

# Vingt-quatre marches

Depuis les marches du perron, Sylvia regarde son potager. Son potager. Qui l'eût cru ? Elle frotte ses mains contre le velours côtelé de son pantalon. Elle l'a choisi de couleur marron, ainsi ses cuisses ressemblent à des bûches. C'est une excellente tenue de jardinage, pense-t-elle. Le pull en shetland vert forêt, acheté au supermarché de la zone industrielle toute proche, est parfait lui aussi, agrémenté de ce gilet multipoches – un accessoire de chasseur, lui a-t-on dit –, mais elle s'est empressée d'oublier ce détail ; la mort des petits animaux n'est pas une pensée qu'elle aime à abriter – ce gilet dont elle aimerait voir les poches multiples s'emplir de brins de raphia, de sécateurs, de sachets d'hormones de bouturage, de clous. Mais il est trop tôt. Elle n'est entrée dans les lieux que depuis six mois, elle en est encore à la fabrique de son personnage, et le potager est, comme elle, en transition. On lui a dit que la terre était bonne. Alluviale, oui, c'est le terme qu'a employé le voisin qui lui a fourni ce magnifique tas de fumier de cheval dont elle ne sait que faire et qui trône à l'angle du terrain, tel un défi. Alluviale à cause de la petite rivière qui coule en contrebas. Elle a donc fait des plantations, frénétiquement, en juin, alors que sur les paquets de graines était écrit « Semis en place de mars à fin mai » ; elle lisait et elle faisait comme si elle n'avait rien lu, elle traçait un sillon du bout du doigt, la terre s'incrustait sous son ongle, et elle balançait les graines : pour certaines, si petites et si légères qu'il était impossible de les disposer savamment ; rondes et plus grosses pour d'autres, qu'on aurait aisément prises pour des grains de poivre. Elle se rappelle avoir été émue par la diversité, l'invention des formes, avoir été traversée par le fol espoir : de cette anarchie, de mon doigt enfoncé au hasard dans le sol, poussera quelque chose. Et puisqu'elle n'a pas pensé à faire des marques, à signaler les lignes à l'aide d'un fil tendu ou d'un petit piquet coiffé d'une étiquette ou d'un morceau arraché à l'enveloppe qui renfermait les graines, elle ne sait plus ce qu'elle a mis, ni où. En juillet, elle a continué à sillonner et à semer, faisant se croiser sous terre les racines d'épinards et de persil, les tubercules de carottes et les radicelles de coriandre. Ça a poussé n'importe comment. Elle redoute la visite de son voisin, l'homme au fumier. Elle craint ses remarques. « En Angleterre, on fait comme ça », a-t-elle prévu de répondre en contre-attaque. Car elle entend se cacher derrière son patronyme britannique. Tout lui sera pardonné à cause de sa différence.

Mais ce matin, c'est le menuisier qu'elle attend. Monsieur Desversin Jean-Louis, comme dit son répondeur. Monsieur Desversin Jean-Louis vient pour un devis, un devis en vue de la réparation de l'escalier. Sylvia a décidé d'être ferme sur les prix. En Angleterre, on est ferme sur les prix, se dit-elle en cherchant une vague confirmation dans l'unique année qu'elle a passée en Grande-Bretagne : petit village de Cornouailles et baignades suicide dans l'eau glacée. Il est important de faire bonne impression, pense-t-elle à présent. Le potager d'automne a perdu de sa superbe, certes, mais aussi de son désordre. Il ne reste que quatre pieds de courgettes aux larges feuilles couvertes de duvet blanc, trois salades montées en graine et un magnifique potiron d'un orange diabolique. Il est urgent de déposer une touche de sérieux sur ces vestiges pour en imposer à monsieur Desversin Jean-Louis. Sylvia se souvient de l'article qu'elle a lu dans *Le Monde* concernant les cendres utilisées comme répulsif naturel contre les limaces. C'est ce qu'il faut, de la cendre sur la terre, et Desversin Jean-Louis comprendra. À peine dans le jardin, il verra à qui il a affaire : à une femme avisée, une femme qui possède des secrets ancestraux, des recettes de la campagne, plus efficaces que tous leurs pesticides. Il saura qu'on ne roule pas Miss Sylvia Sands. Elle rentre dans la maison et se précipite vers la cheminée. Le feu de la veille a fabriqué un monceau de cendres argentées. C'est si beau, si doux, on voudrait y coller la joue, s'y rouler. Tu es folle, songe-t-elle en s'emparant du seau et de la pelle en fer. Elle vide l'âtre et se réjouit, à chaque pelletée, du grincement des rares morceaux de bois carbonisés mais point tombés en poussière. Elle s'imagine les limaces rampant sur leur bave, soudain freinées dans leur modeste élan par les particules fines et desséchantes qui absorbent aussitôt leur petit lit d'humidité glissante. Que leur arrive-t-il ensuite ? Elles ne peuvent plus avancer ni reculer. Les oiseaux les dévorent. C'est affreux, affreux. Mais c'est ainsi. Desversin Jean-Louis l'exige. Sylvia porte vaillamment son seau au jardin, s'efforçant de ne pas s'attarder sur le destin tragique des limaces. Elle pense à un film dans lequel deux amis vont disperser les cendres d'un troisième dans l'océan. Un coup de vent plaque le contenu de l'urne sur le visage des compères qui n'ont vraisemblablement pas choisi l'endroit le plus abrité de la côte. Elle sourit en repensant à cette scène. Et le vent, bien sûr, se lève.

Sylvia a toujours aimé les grands gestes. Et quand elle sème, elle prend modèle sur les anciennes pièces de un franc, et quand elle agite la main pour dire au revoir, c'est tout son bras qui danse, comme si elle espérait être vue du ciel, et quand elle bat des blancs d'œufs, ils montent en trente secondes, et quand elle verse un seau de cendres sur son potager, elle le fait d'un coup, à la volée, sans craindre la rafale, la rafale qui pénètre dans le jardin au même moment que Desversin Jean-Louis, comme poussée par lui, comme soufflée par sa bouche. Une nuée blanche se précipite vers le visage de Sylvia, vers son corps, s'y appliquant comme un linceul. Elle ferme les yeux et lorsqu'elle les rouvre, elle voit, derrière ses larmes, par-dessus sa main qu'elle a mise devant sa bouche pour tousser, Desversin Jean-Louis qui la regarde en souriant. Il s'approche. Jusqu'où ? Jusqu'où ? Il n'est pas du tout comme elle se l'était imaginé. Il est beau. Il est très beau. Elle revoit son projet simultanément à la baisse et à la hausse : à la baisse du rustique, à la hausse de la sophistication. Mais voilà, elle est couverte de cendres. Il s'approche encore, et l'air qu'il déplace, ou qui se déplace par lui-même, sent les feuilles rousses, les aiguilles de pin et les pommes au sol meurtries par les cailloux. Sylvia songe à toutes ces choses, aux particules dans l'air, dans l'air entre eux, dans l'air qu'il exhale en lui parlant et qu'elle inhale au fur et à mesure. Elle rougit à cause du parfum de sa bouche qui entre dans la sienne, du souffle de cet homme inconnu qui entre en elle. Il me ranime, se dit-elle. Comme mon souffle a ranimé les braises hier soir ;

hier soir, quand je ne savais pas encore l'effet que me ferait sa visite, l'effet d'un bouche-à-bouche après le long incendie de la solitude.

« J'aime beaucoup la campagne », lui dit-elle en réponse.

En réponse à quoi ? Elle n'a pas écouté un mot de ce qu'il disait.

« Vous vous y ferez », marmonne-t-il.

S'y faire. Se faire à l'amour de la campagne. Elle réfléchit et s'époussette en tapant sur ses bras, son ventre, ses épaules, ses jambes. Un nouveau nuage blanc se forme devant elle, faisant disparaître Desversin Jean-Louis.

Lorsque le menuisier reparaît, son visage est légèrement altéré. Il se tient immobile, seul le vent agite ses cheveux. Il a de longs cils délicats et semble désorienté par le silence soudain, par le trop peu d'air qui les sépare. Il souffle dans ses mains, les paupières baissées.

« Rentrons, dit Sylvia. Je vais faire un thé. »

Jean-Louis la suit. Il garde les yeux baissés, s'interdit de regarder plus haut que les mollets de sa cliente. Une seconde, pourtant, moins encore peut-être, le temps qui sépare deux clignements de paupières, ses iris ont forcé le barrage. Il a regardé – mais peut-on appeler ça regarder ? – ses… son… le haut du pantalon, quoi. Le pantalon de Sylvia qui n'est ni trop large ni trop ajusté. Jean-Louis a pensé à Claudine, sa femme, qui porte des caleçons parce que c'est tellement pratique. Mais pourquoi appeler ce vêtement un caleçon ? C'est plutôt un collant. On voit tout, la trace de la culotte, les os du genou. Claudine plaît aux hommes. Elle plaisait beaucoup au père de Jean-Louis. La première fois qu'ils s'étaient rencontrés, il lui avait glissé la main entre les cuisses. « C'est amical », avait-il plaisanté, et tout le monde avait ri. « Dis donc, le vieux y m'a collé un patin, avait-elle raconté à Jean-Louis, le soir de la noce. – Tout le monde est bourré de toute façon », avait répondu Jean-Louis. Ils avaient fait l'amour au matin, comme des sauvages, presque comme dans un film, et chaque fois que Jean-Louis pensait au patin du père, il bandait deux fois plus fort. Claudine n'est pas jalouse. « Mon mari plaît aux femmes, et alors ? j'en suis fière », dit-elle à Virginie dont le mari ne plaît à personne et surtout pas à elle.

« Du sucre ? » demande Sylvia en tendant au menuisier une tasse de thé sur une soucoupe.

Jean-Louis attrape la tasse par l'anse minuscule et brûlante. La soucoupe reste suspendue un instant. Sylvia la repose sur la table basse en toussotant, des particules de cendres tapissent sa gorge, la peau de son visage tiraille. Elle redoute de croiser son reflet dans le miroir au-dessus de la cheminée ; elle a sûrement l'air d'un spectre. Mais comment faire ? Il faut bien être polie, elle ne peut pas planter là le menuisier pour aller prendre une douche. Jean-Louis, de son côté, n'a pas la force de répondre à la question du sucre à cause de la douleur, comme si on lui enfonçait une aiguille dans la pulpe du pouce et de l'index. Il masque une grimace derrière un sourire que Sylvia trouve crispé. Elle dépose d'autorité un sucre dans la tasse du menuisier et lui tend une cuillère. Jean-Louis est plus encombré que s'il devait jongler avec des torches enflammées. Boire cette tasse de thé est l'épreuve la plus difficile qu'il ait jamais affrontée. Pour son compagnonnage il avait dû fabriquer la maquette d'un secrétaire de vingt centimètres de haut dont chaque tiroir était gravé. Sa main avait moins tremblé que pour tenir cette fichue boisson de snobinard. Il trempe ses lèvres, les brûle,

brûle aussi sa langue, est pris d'une envie de balancer la porcelaine par terre, d'aller chercher une blonde dans sa glacière, au fond du camion, et de se mettre au boulot dare-dare.

Sylvia boit son thé, il lui paraît fade, et elle se dit qu'elle aurait mieux fait de servir autre chose à Desversin Jean-Louis, un café, ou même, pourquoi pas, un ballon de rouge. Elle a tout gâché. Elle ne sait pas y faire avec les hommes, n'a jamais su. Le premier regard, ça va encore, mais après… on s'ennuie tant et on n'aime pas parler des mêmes choses.

« Je vous montre ? », propose-t-elle.

Jean-Louis repose sa tasse avec gratitude et se lève d'un bond. Sylvia et lui se dirigent ensemble vers l'escalier.

« C'est là-bas », dit Sylvia d'une voix blanche, complètement détimbrée.

L'odeur du bois est semblable à une présence, dans la pièce du fond, cette pièce que Sylvia ne sait comment baptiser autrement car elle ne lui a pas encore trouvé de fonction. Peut-être devrait-elle l'appeler la pièce de l'escalier, car celui-ci s'y dresse avec majesté et arrogance. Si le reste de la maison manque de caractère, cette volée de vingt-quatre marches, souple et élégante comme le bras d'une danseuse, rattrape tout. Jean-Louis allonge le pas. Il veut toucher. Plaquer ses mains. Évaluer la tendreté de l'essence, son grain. Oh, pauvres nez ! s'exclame-t-il intérieurement en découvrant les marches au profil ébréché. Je vous réparerai. Vous ne sentirez rien. Je ferai ça tout en douceur, au rabot d'ébéniste, à la lime à ongles. Il sourit à cette perspective, pose enfin sa paume sur le flanc doré.

Comme vous avez de longs doigts ! pense Sylvia. Comme j'aimerais qu'ils se…

Mais à quoi bon, elle sent bien qu'elle a perdu. Elle ne discutera pas le devis. Elle paiera en liquide, à l'avance, en Angleterre ils font sans doute comme ça ; elle se tiendra timidement derrière Desversin Jean-Louis pendant qu'il travaillera, regardera les muscles de son dos rouler sous sa chemise, comme une fratrie de serpents, et lui fera du thé.

Plusieurs années plus tard, le menuisier ira en avion à Glasgow pour y marier sa fille aînée, Candice. Durant le vol, il demandera un thé à l'hôtesse. Claudine froncera les sourcils : Qu'est-ce qui lui prend ? Ce sera un moment d'accomplissement pour lui, tout en haut dans le ciel, fier de sa fille, la main droite posée sur l'épaule de son épouse – qui pensera, pour la première fois, que son mari la trompe et qui en concevra une tristesse fugace –, et la main gauche promenant le gobelet en carton de la tablette à sa bouche, de sa bouche à la tablette. Infâme et merveilleux breuvage.

# Dans l'oreille du diable

Et chaque matin, comme le phœnix, je renaissais de mes cendres. Au moment où je posais la tête sur l'oreiller, où mes os, du plus long au plus court, du plus lourd au plus léger, se jetaient contre le matelas, suppliant d'être engloutis, je pensais que c'était terminé ; j'étais morte, ou sur le point de mourir. Je sentais chacune de mes fibres se dissoudre, ma peau fondre et ruisseler, mon crâne se disloquer, tournoyant au bout du mât raidi de ma nuque comme un drapeau blanc qui réclame la trêve. Je sentais mon cerveau déchiqueté par la tornade infernale – pardon pour le terme, je vous assure qu'il ne m'en vient pas d'autre – de mes pensées, de mes regrets ; la tornade infernale de l'anxiété, du doute, de l'espoir mêlé à la résignation. Je sentais des atomes de mon corps dans tous les coins, calcinés par la fatigue. Il y en avait dans le tambour de la machine à laver, au fond du tiroir à ustensiles, dans les plis des torchons, sous la pile de journaux à jeter, dans les chaussettes de chacun, au bas des factures, dans la poussière déposée sur les plinthes, autour des boutons de la gazinière. Je sentais des flocons de mon cœur sur la paroi des casseroles, sous les oreillers des enfants, entre les pages de leurs cahiers, sous le col de leurs manteaux.

Une fois dans mon lit, je ne parvenais pas à réunir les morceaux égarés. Un puzzle au microscope – comment faire ? Si mon mari posait la main sur ma hanche, cela aggravait encore les choses. Je me désintégrais complètement. Mais parfois, c'était le contraire ; rencontrer son corps, intègre, solide, fiable, me reconstituait d'un coup, et c'était un miracle. Ne riez pas. Vous savez que j'ai votre cynisme en horreur. Je veux pouvoir vous parler de tout. Sinon, quel intérêt ? J'ai le droit de vous dire que, parfois, faire l'amour avec mon mari me procurait une joie cosmique. J'ai le droit de vous répéter que serrer mes enfants dans mes bras et déposer un baiser entre leurs yeux, à la naissance de leur nez, m'emplissait d'une félicité parfaite. Mettez votre causticité en veilleuse, s'il vous plaît. Écoutez-moi. Admirez-moi. Plaignez-moi.

Melinda Certeaux est assise sur un banc, dans un square. Le diable, perché tout près d'elle, l'écoute se taire. Il entend le son très faible produit par le roulement d'une larme sur sa joue. Il se rappelle – lui dont la mémoire est inflammable, lui qui n'a pas droit aux souvenirs – toutes les fois où il lui est apparu. Le frottement de l'eau salée contre la peau n'était pas le même quand elle avait douze ans. Ses joues rebondies créaient un obstacle qui ralentissait un instant la gouttelette. Ensuite, le grain très serré et l'imperceptible duvet, vestige de son infime fourrure de bébé, accéléraient la chute. À douze ans, comme elle était sombre ! C'était la visite inaugurale. Le contrôle de routine accompli par les bataillons d'avatars, le jour des premières règles. Aucune femme, jamais, ne s'en souvient. Si la mémoire des diables est inflammable, celle des jeunes filles est incendiée. Pourtant, cette femme aux cheveux platine qui pleure sur le banc du square se souvient de la première rencontre : courage et intrépidité.

*

Elle m'avait reconnu tout de suite, songe le diable. « Ah, c'est vous ? » avait-elle dit d'un ton déçu. Je distinguais, dans sa voix, les ingrédients familiers générés par la situation : tristesse, fierté, dégoût, regret, colère, surprise, honte, égarement, exaltation, plus un autre qui sonnait comme un défi.

« Vous voulez faire un marché ? (Sa voix ! Oh, sa voix d'adolescente sujette aux trachéites ! Une texture inimitable, proche du brouillard, du sable, du coton et du sucre brut.) Je ne suis pas contre, avait-elle ajouté. Faites-moi garçon, et vous aurez mon âme. Je sais comment ça marche. J'ai vu le film. Vous allez ricaner, me promettre des trucs incroyables, et je craquerai, mais je serai punie, car à un moment, mon âme immortelle me manquera. Sauf que moi, je m'en fiche, je suis athée.

– Si vous l'étiez, vous ne me verriez pas.

– Je suis athée, mais je suis petite. Les enfants ne sont jamais tout à fait athées.

– Vous n'êtes plus une enfant.

– Vous croyez que ça change quelque chose, ce machin bizarre, cette tache dans ma culotte ? Vous n'êtes quand même pas débile à ce point ? C'est un incident physiologique. Rien de plus.

– Vous êtes devenue adulte aujourd'hui, que cela vous plaise ou non, avais-je déclaré, sentencieux comme un ange.

– Faux. Je serai adulte le jour où je renoncerai.

– À quoi ?

– Peu importe. Ce verbe n'a pas besoin de complément. Vous faites de la grammaire chez vous, dans les abysses ? Pas de complément, vous comprenez ? Moi, je comprends, parce que je suis en cinquième. On ne parle que de ça en cinquième. Pas de complément, ça veut dire rien derrière. Renoncer tout court. Alors, vous la prenez, mon âme ?

– Même si j'en voulais, je ne pourrais pas. Vous êtes trop forte, à cet instant.

– Ça ne marche pas les compliments avec moi. Je suis une rebelle.

– C'est bien ce que je dis. Si vous l'étiez moins, je vous exaucerais, vous deviendriez un garçon.

– C'était une blague, j'adore être une fille. »

Une seconde, mes yeux s'étaient égarés sur la stupéfiante platitude de sa poitrine.

*

À trente ans, son visage était encore rond, mais la texture de sa peau avait changé. Elle était à la fois plus sèche et plus grasse. Les larmes y dessinaient une ligne grisâtre du coin de l'œil à la mâchoire, comme une route se jetant à la falaise du menton. La plus lourde des perles pouvait alors tomber sur le haut de sa poitrine. Oh, sa poitrine. Son premier enfant s'y précipitait, entraîné par sa tête, la masse d'arme du crâne balancée depuis la nuit des temps par un instinct qui la fascinait, la bouleversait. Elle pleurait à cause de la puissance effroyable de son bébé, à cause de la vulnérabilité atroce de son bébé.

Quand une femme pleure, j'arrive. Quand un homme pleure, parfois, mais c'est moins systématique. Nous avons d'autres accords. Une voix en elle suppliait : « Libérez-moi. Retirez-moi cette passion du cœur. Je n'ai plus de centre, je m'éparpille, je me dissous. Déminez-moi. » Et pendant ce temps, le bébé à son sein lui disait : « Tu es tout, tu es mon dieu, mon amour, ma forêt, ma maison. » Et elle : « Non, je ne peux pas, c'est trop, je n'ai pas la force, je suis si fatiguée, je voudrais qu'on me porte, comme moi je te porte, je voudrais que ma mère me porte. » Alors j'ai grandi, j'ai grossi, j'ai rentré mes griffes, masqué mon odeur, et je l'ai dorlotée. Sa tête reposait à la pliure de mon bras, ses reins dans mon giron, ses jambes dans ma main. Elle était mon bébé et, un instant, j'ai senti le flot écœurant de son âme. L'âme des mères est une liqueur saturée de parfums, lourde et onctueuse. Une mélasse d'âme roulait vers mes ouïes, mes entailles, mes failles, mes bouches multiples. Et moi, j'aspirais. Que faire d'autre ? Je la soulageais, je lui chantais ma chanson d'égoïsme, ma bonne chanson de liberté. Signe là, signe avec ton sang, avec tes larmes, avec ton lait, avec ton colostrum. Tant de liquides s'écoulent de toi. Tu peux même signer avec la merde verte, au fade arôme de mare, que ton bébé dispense à mesure que tu étanches sa soif et sa faim. Signe et, en échange, tu ne souffriras plus. Là, là, là, laisse-moi te bercer, te tenir. Tu ne seras plus seule. Plus jamais l'unique pourvoyeuse, l'unique recours. Je serai à tes côtés, en toi, sous toi. Tu ne connaîtras plus la fatigue, je te ferai boire le philtre.

Son âme en moi était presque entièrement déversée, quand le bébé a posé sa patte minuscule sur le sein aussi gros que sa tête. Un geste hasardeux, maladroit, sans intention. Une petite patte molle et griffue. La paume des nourrissons est toujours moite, un peu trop froide. Le contact d'un asticot n'est pas plus agréable. Pourtant, aidé de sa langue puissante comme une langue de vache, le bébé a tété plus fort, la patte toujours posée sur la gourde de peau, et de sa voix muette, blanche dans son gosier informe, il a répété : « Tu es tout, tu es mon dieu, mon amour, ma forêt, ma maison. » Aussitôt, aspirée par le siphon du petit goinfre amorphe, l'âme ondoyante et chaude a reflué par tous mes interstices. Comment lutter ? J'ai rétréci jusqu'à me glisser dans la peau de banane abandonnée sur le plateau-repas. L'infirmière me débarrasserait. Je hanterais quelques heures la cuisine de la maternité aux odeurs de potage et d'orange tiède.

*

« En posant le pied sur le parquet grinçant, ce matin, dit Melinda Certeaux au diable, sans remuer les lèvres, sans du tout faire frémir ses cordes vocales, j'ai senti mon corps courbatu comme après une chute, un choc, un accident. J'avais pourtant l'habitude, tel le phœnix, de renaître de mes cendres. Chaque matin. Chaque matin, sauf un. Rien ne va. Étais-je confiante hier soir ? Oui et non. J'avais la foi que confère l'habitude, une foi maussade qui n'entraîne aucune exaltation, car elle n'est au fond que l'auxiliaire du devoir. Alors que la fatigue appuyait sur ma poitrine, m'empêchant d'inspirer à fond, resserrant mes épaules sur ma cage thoracique, alors que mon corps s'endormait déjà – nerfs qui s'éteignent ou qui crament un à un, métropole à la nuit qui fond ses carrés lumineux à l'obscurité du ciel nocturne –, j'ai décidé de laver la marmite. Une dernière vaisselle avant le lit. J'ai soulevé les poignées et le poids de la fonte m'a fait pleurer. Mon mari, sans voir mes larmes, a dit : “Laisse, on fera ça demain”. Et j'ai pensé : Non, parce que demain, je serai morte ; et cette phrase idiote à laquelle je ne croyais pas m'a fait sourire et donné la force de récurer la surface émaillée. L'odeur mêlée de l'oignon brûlé et du liquide vaisselle. Que dire de cet arôme ? Défaite ou victoire ? »

*

La femme aux cheveux platine pleure sans bruit sur le banc du square. Un garçon de trois ans, aux larges iris noisette, la regarde, les sourcils froncés sous son bonnet péruvien ; ou plutôt regarde, juste à côté d'elle, ce diable décrépit, maigrichon, beaucoup moins terrifiant que celui de son livre préféré dans lequel le démon a de magnifiques yeux jaune topaze et une longue queue couverte d'épines orange vif. Le bambin grimace, il hausse les épaules. Sa mère le tire par la manche. « Arrête d'embêter la dame », lui dit-elle. Le diable hésite à s'évaporer. Il se sent vieux et las. Il est bien auprès de cette femme qui ne l'oublie jamais, le reconnaît toujours, cette femme dont l'âme exquise suffirait à lui payer des années de retraite. « Depuis le temps qu'on se connaît, lui dit-elle soudain, sans qu'il comprenne pourquoi, comme si elle lisait dans ses pensées. Combien ? Trente ans ? Quarante ans ? La première fois, je me rappelle que je n'avais pas encore de seins. Je m'en souviens parce que j'avais surpris votre regard au moment où il s'égarait sur la stupéfiante platitude de ma poitrine. Ne secouez pas la tête. Je n'ai aucune espèce de vanité. J'ai toujours eu l'impression que vous aviez un faible pour moi, même si cela paraît impossible, étant donné qui vous êtes. Quand une femme qui manque de vanité – et c'est mon cas, vous le savez – croit percevoir qu'elle plaît, c'est en général beaucoup plus grave que cela. C'est l'amour fou, la langueur venimeuse, le désir incandescent. Peu importe. Ça me met mal à l'aise d'évoquer ces choses. Je vois que je suis capable de le faire, mais ça ne me convient pas. J'arrête. »

Avec elle, pense le diable, c'est comme si le temps s'écoulait enfin, le temps et son corollaire dont la saveur inouïe m'enivre : l'existence.

« Demandez-moi quelque chose, lui souffle-t-il. Je vous le donnerai et nous partirons ensemble, vous et moi, sur des rivages et sur des cimes. Voulez-vous que votre mari se prosterne à vos pieds chaque matin et chaque soir ? Voulez-vous que vos enfants ne soient jamais malades ? Voulez-vous épouser un prince, rajeunir, porter ses bébés qui deviendront des rois ? Il suffit que vous fassiez un vœu. »

Mais l'esprit de la femme est engourdi. Aucun désir ne naît en elle. Être jeune ? À quoi bon ? C'était si fatigant. Être belle ? Être aimée ? Être riche ? Tout est si décevant.

« Mon âme, dit-elle. Mon âme, que vaut-elle ? Mon âme est une liste de courses. Mon âme est une déclaration d'impôts, un bulletin de notes au bas duquel ne figurent pas d'encouragements. Mon âme est le mode d'emploi du lave-vaisselle remplacé depuis huit ans, une lettre de la banque indiquant que le découvert risque d'entraîner le blocage du compte, un bordereau de la poste datant de trois mois (le paquet est reparti, mais où, et que contenait-il ? Une rivière de diamants, sans doute). Mon âme est une carte de plats à emporter, qui sont toujours moins jolis que sur la photo quand ils arrivent sur la table, le récapitulatif des vaccins dans les carnets de santé, où l'on constate que plus personne n'est immunisé contre le tétanos, l'album de photos où j'ai l'air jeune, heureuse et belle, alors qu'à l'époque où furent pris ces clichés, je me sentais vieille, malheureuse et laide. Mon âme est pleine de “Bonjour, madame”, “Au revoir, madame”, elle est salie par les corvées, corrompue par la fatigue de jours sans héroïsme, sans passion, sans péril. Mon âme est en carton, en plastique, fixée à moi par du ruban adhésif poussiéreux. Mon âme s'enfuit par les trous dans les chaussettes, par les yeux des boutons décousus, par les fissures du plafond et des murs. Elle est restée au rayon cafetières du grand magasin, sur le quai de la gare quand j'ai embrassé mes enfants qui partaient en colonie de vacances. Mon âme ne paierait pas une seconde de bonheur. »

Et, peu à peu, à mesure que la liste s'allonge, que l'énumération se change en épopée, le diable charmé, comme un serpent par la flûte, se laisse entortiller. Que risque-t-il ? Il vient du pire, il ne peut craindre que le meilleur. Il examine Melinda. Melinda entre deux âges, avec ses rides, ses rares cheveux blancs invisibles dans le platine, les gerçures de ses lèvres, sa chair qui, par endroits, se décolle très légèrement des os, comme si la peau se faisait manteau, bien avant la vieillesse, afin de tomber plus prestement du squelette le moment venu, ses paupières dont la pente fait oublier sa candeur. Il se félicite de l'accablement qui accuse la courbure de la colonne vertébrale entre les omoplates, du découragement qui éteint le regard, rend les bras plus longs, les jambes plus courtes. Il sent qu'il peut la cueillir. Elle est à point. Il se montrera inflexible. Il se voit déjà s'envoler avec elle, à califourchon sur son dos, et pourtant quelque chose résiste. Le banc a pris racine. Melinda s'y accroche. À cause d'un rayon de soleil, la température de l'air a augmenté. C'est très léger, presque imperceptible, mais cela suffit à réjouir le cœur déçu de Melinda. Elle s'emboîte en elle-même, comme une série de matriochki, quarante-sept poupées l'une dans l'autre, du bébé qu'elle fut à la personne qu'elle est. Le diable n'a rien vu venir. Il oublie trop souvent ce tour que savent jouer les femmes.

« Je reviendrai », lui promet-il.

Est-ce une menace ? Plutôt un rendez-vous galant, car plus le temps avancera, moins Melinda Certeaux sera tentée par le marché. Elle ne voudra plus rien, et néanmoins, elle tiendra, abritant encore un moment son âme à deux sous, son âme bradée, son âme cent fois hypothéquée, son âme qui, à force de s'évaporer au feu du temps, s'échappera de son corps comme par inadvertance, un beau soir, à peine plus épaisse qu'un effluve d'oignon brûlé mêlé de liquide vaisselle.

# Pseudonyme

Dans le train, il lui a semblé que quelqu'un le reconnaissait. Une femme. Ce sont plus souvent des femmes. Elle l'a regardé avec insistance. Mais dès qu'il a tourné les yeux vers elle, elle a baissé les siens et fait mine de chercher quelque chose dans son sac. Il a souri. Il aurait aimé qu'elle voie son sourire. Elle se serait rendu compte qu'il est sympathique, avenant même. Les gens ont tendance à penser… Ils ont pris place dans le même wagon à quelques sièges l'un de l'autre. Elle a aussitôt tiré un livre de son bagage à main, comme un signe. C'était un Harlan Coben, mais Josh sait parfaitement que cela ne veut rien dire. Pas de conclusions à tirer de Harlan Coben. Harlan Coben ou le gratuit du métro, même combat. Neutre. Il a pensé que, malgré son livre, elle le surveillait tandis qu'il ôtait son imper, un Burberry véritable, qu'il a pris soin de plier à l'envers, avec la doublure apparente, comme un signe, là aussi. Il a effectué quelques mouvements d'assouplissement des épaules avant de s'asseoir afin de signifier l'importance qu'a pour lui le corps, afin, également, de démontrer la souplesse du velours des vestes Hollington. Le trajet durait une heure et trente minutes. Il a dormi. C'est un problème, une maladie. Dès qu'il est dans les transports, il s'endort. Train, métro, bus, voiture, et même avion ou bateau. Il a dormi, ronflé peut-être. Une minute avant de sombrer, il a pensé à sortir son manuscrit de sa sacoche, au cas où elle passerait à côté de lui. Il se l'est imaginée, un instant, espionnant l'air de rien, une main posée sur le dossier du siège qu'il occupe (comme un frôlement par fauteuil interposé), les derniers développements du troisième tome de sa trilogie (après *Années d'or*, il y avait eu *Brouillon de vie* et il corrigeait à présent les épreuves de *Sauvage Cité*). Il l'a vue, dans un rêve à demi éveillé précédant délicieusement l'endormissement subit, arpenter l'allée centrale en direction du bar à seule fin de pouvoir poser la main (« Oh, pardon, comme c'est difficile de garder l'équilibre dans ces trains à grande vitesse ! ») sur le haut du dossier et glisser un regard avide sur le début du chapitre 2.

La voix du contrôleur annonçant l'arrêt à Saint-Pierre-des-Corps l'a tiré de son somme. Il s'est ébroué discrètement. A rangé son manuscrit. S'est levé. A pris son imper. Gagné la porte. Attendu que le train entre en gare. Actionné le bouton de déverrouillage. Remonté le col de son imper. Longé le quai jusqu'au souterrain. C'est une fois qu'il s'est retrouvé sous la flèche illuminée indiquant « Point de rencontre » qu'il s'est souvenu qu'il n'avait pas fait signe à l'admiratrice en partant. Il a cherché des yeux autour de lui dans l'espoir de la trouver, effarouchée, dans un coin du hall. Elle l'aurait suivi, elle n'aurait attendu qu'un hochement de tête pour s'avancer (« Nous étions dans le même wagon, c'est amusant. Vous savez… oh, comment vous dire ça, vous devez en avoir assez à la fin, mais… allez, je me lance. J'adore vos livres. Pour moi, vous êtes le nouveau Dostoïevski »). Il l'aurait invitée à boire un café. Elle lui aurait confié qu'elle était attendue à

Tours, mais qu'au dernier moment elle avait sauté du train pour lui courir après, comme une gamine (rougeur des joues, œil qui brille). Ils auraient parlé tout l'après-midi. Elle aurait commandé un chocolat chaud. Il aurait essuyé ses moustaches de lait du bout de l'index, elle se serait laissée faire. Ils auraient…

La chargée de communication de la chaîne de magasins À nous les livres est plantée face à lui. Elle est grande, pâle, porte des lunettes papillon d'un rose étonnant. Son blouson de cuir est clouté, sa jupe en patchwork de lainages traîne de ses fesses amples et molles jusqu'au sol de la gare.

« Ravie ! s'exclame-t-elle en lui tendant la main.

– Josh ! répond-il en la serrant, sans réfléchir.

– Je suis contente de vous recevoir. J'aime bien vos livres. Les personnages sont complètement normaux. Ils nous ressemblent. Il ne se passe pas grand-chose et en même temps, on est passionné. Enfin, je veux dire, le mot est peut-être un peu fort, mais on a vraiment envie de savoir la suite. »

Josh a le sentiment très précis d'être un lampadaire auprès duquel un chien s'est arrêté pour lever la patte. Il se demande quoi répondre. La chargée de communication ne lui en laisse pas le temps. Elle enchaîne : « Vous avez fait bon voyage ? C'est génial le TGV, non ? On est pratiquement en banlieue parisienne à ce rythme… » Ils sont maintenant dans sa voiture, une Clio du même rose que ses lunettes, parfumée à l'arbre magique vanille. La chargée de communication parle durant tout le trajet. Josh songe, un instant, qu'elle porte bien son titre : « chargée de communication ». Elle communique énormément. En quatorze minutes, elle lui a fait part des travaux qui avaient eu lieu dans la librairie, de son asthme réveillé par lesdits travaux, des animations thématiques géniales qu'ils avaient organisées depuis septembre autour de la cuisine, des animaux, de l'écologie, du voyage. « Les gens adorent, lui assure-t-elle. Ils ont l'impression d'apprendre quelque chose, de participer, alors qu'avec les romans… » Elle ne dit pas ça pour lui, mais bon, c'est sûr que c'est plus compliqué de fédérer des lecteurs autour d'un livre tout bête, enfin, ce qu'elle veut dire, c'est quand le thème n'est pas très apparent. C'est pour ça que ce soir, vu qu'il y a match et un concert de musique médiévale par un groupe très sympa… Josh comprend qu'il n'y aura personne. Il pense à la promo du premier tome de sa trilogie, *Années d'or*. Dix-huit mois plus tôt. Un triomphe. Toutes proportions gardées, mais quand même, des salles des fêtes pleines à craquer, des gens qui attendaient dehors, qui s'asseyaient sur le rebord des fenêtres. La vibration dans le public. Comme un amour collectif à lui seul destiné. L'énergie que ça procurait. Il n'a pas eu la grosse tête. En tout cas, personne, dans son entourage, ne s'en est plaint. Mais s'il doit être vraiment honnête, force est d'admettre qu'il a dû terriblement se retenir. En vérité, sa tête explosait et les efforts qu'il fournissait pour éviter que cela ne se voie lui donnaient le torticolis, et même la sciatique. Au café, au restaurant, il repérait immédiatement les clients qui l'avaient vu la veille à la télé. Quelque chose dans leur regard. Spontanément, il crevait d'envie d'aller vers eux ou, du moins, de les laisser venir à lui, mais il ne cédait jamais à ce penchant, surtout s'il était accompagné. Il avait travaillé une grimace, une sorte d'expression repoussoir qui fonctionnait au-delà de ses espérances. Parfois, ivre de tant de modestie, il rêvait de recevoir en récompense un petit commentaire de la part de la personne qui dînait avec lui, quelque chose comme : « Tu as vu comme les gens se retournent sur toi ? », ou « À la table de derrière, ils parlent de ton dernier bouquin », ou encore « C'est la première fois que je dîne avec une star ». Mais ses amis préféraient parler de leurs problèmes personnels, au travail avec leur nouveau chef, à la maison avec leur épouse qui déprimait, leurs enfants adolescents qui déconnaient. Josh écoutait, le menton dans la main, l'air pénétré, sourcil droit froncé, sourcil gauche levé, iris fixes. Frustré d'un potentiel bain de gloire, il se consolait en se gavant d'humilité, de sa propre disponibilité. Quelquefois son esprit vaguait un instant et faisait apparaître devant ses yeux quelques phrases d'une biographie inspirée : « Alors même que le succès de ses livres en France et à l'étranger en avait fait une vedette médiatique internationale, Josh Vanefender avait su garder une retenue et une intégrité remarquables. Ses proches l'appelaient "l'incorruptible". »

La chargée de communication lui propose de passer déposer ses affaires à l'hôtel avant la rencontre. Josh se remémore sa nuit au Lion d'or, dix-huit mois plus tôt. La méridienne en velours rouge sur laquelle il s'était fait un devoir de s'étendre quelques minutes pour se relaxer avant de goûter le moelleux du lit. Il s'était également installé au bureau pour écrire une lettre qu'il n'avait pas eu le temps de terminer. Quand on vous attribue une suite, pensait-il, il s'agit d'en profiter : minibar, jets d'intensité variable sous la douche, lecture des journaux dans le fauteuil près de la fenêtre. « On vous a mis à l'Esterel, annonce la chargée de communication. C'est pratique. » L'Esterel n'a que deux étoiles, Josh imagine le pire : le lino qui se décolle, la paroi en plastique de la douche piquetée de moisissure, le couvre-lit sentant la poussière. Il est tenté de faire un caprice, d'exiger le Lion d'or. Mais c'est impossible. Une main colossale s'est posée au sommet de son crâne et l'écrase minutieusement. Il se sent vieux. La saleté du train s'est incrustée dans ses rides. L'articulation de sa hanche gauche le fait souffrir. « Quand on est nomade, comme moi, dit-il à la chargée de communication qui ne voit pas bien de quoi il parle, on dort n'importe où. » Elle prononce son nom de travers en le donnant au réceptionniste, qui ne le retrouve pas dans son registre. « Fond d'inventaire », entend Josh. Il n'ose pas rectifier. On lui attribue la 101, collée à l'ascenseur, ouvrant sur le toit du parking, sans vue, sans air et bruyante. Un bouquet de fleurs en tissu trône sur la tablette en faux bois fixée au mur. Josh, sans savoir pourquoi, se penche pour le respirer. Les pétales dégagent une inquiétante odeur de sueur.

« La salle où se déroule la rencontre est bien équipée, lui explique la chargée de communication. Ils ont récemment installé un vidéoprojecteur. » Ce n'est pas une salle, a envie de rétorquer Josh, à peine une alcôve, séparée du reste du magasin par des claustras en faux livres qui s'élèvent jusqu'à mi-corps. « On peut même faire des Powerpoint », poursuit la chargée de communication. Josh voudrait répondre que le mot « Powerpoint » – s'il s'agit toutefois d'un mot – est comme un poignard rouillé qui lui transperce le poumon. « La journaliste ne devrait pas tarder », annonce la chargée de communication ; en attendant, ils vont faire quelques photos pour la presse locale. Un moustachu qui ne pourra malheureusement pas assister à la rencontre parce qu'il doit couvrir les coulisses du match de ce soir demande à Josh de sourire. Josh manque de lui dire qu'il ne peut pas satisfaire à sa requête car il a perdu toutes ses dents. La journaliste arrive. Son immense face plate ressemble à une planche de bois couverte de fond de teint. Quelques boutons et quelques poils attestent cependant de son essence humaine. De sa bouche minuscule sort la phrase que Josh aurait pu écrire pour elle s'il avait été le dialoguiste de la scène : « Je n'ai pas eu le temps de lire votre... votre tome 2, mais j'avais beaucoup aimé le 1 et c'est surtout de celui-là qu'on va parler, vu que les gens... » Les gens. Où sont-ils ? s'interroge Josh. L'heure de la rencontre est passée depuis quinze minutes et personne ne s'approche. Le magasin grouille de monde, de la musique se déverse par les enceintes situées un peu partout. De temps à autre, une voix interrompt le flux indistinct de notes : « Venez retrouver Josh Vanefender à l'espace rencontre pour débattre avec lui de son dernier ouvrage. » Débattre avec moi ? songe Josh. Pourvu que personne ne vienne. Il est soudain gagné par l'euphorie de l'annulation : si aucun client ne pointe le bout de son nez, il pourra échapper à l'Esterel, rentrer à Paris par le prochain train, se payer un petit parmentier de boudin noir avec un bon verre de morgon au Barlatin. Il se délecte de l'expression qui se dessine peu à peu sur le visage de la chargée de communication. Josh prie comme jamais, avec une ferveur digne d'un adventiste du septième jour. Il prie pour que pas un lecteur, pas un badaud, pas un clochard, pas un fou (ce sont les quatre catégories sociomentales de personnes qui assistent habituellement aux rencontres littéraires) ne se montre. Et miracle des miracles, quarante minutes après le début supposé de la rencontre, la chargée de communication lui annonce en bredouillant qu'il a été exaucé : « Alors là, c'est à n'y rien comprendre, là, vraiment, je veux dire, même avec le match, même avec le concert, c'est la première fois, d'habitude... je parle sous contrôle de Géraldine (Géraldine doit être la journaliste, se dit Josh, ému par sa propre sagacité)… d'habitude on a quand même une jauge de douze ! » Une jauge de douze, se répète intérieurement Josh en réprimant l'hilarité qui le gagne. Et elle en est fière !

À partir de là, tout va très vite. Son Burberry sur les épaules, volant au vent comme une cape de superhéros, Josh file vers la gare. Il a serré les mains, dédicacé l'exemplaire de la journaliste, s'est excusé, a dit que c'était sans doute un malentendu, que ça n'avait aucune importance et qu'il continuerait d'acheter ses livres chez À nous les livres. Il change son billet, léger, léger. Les semelles de ses chaussures glissent comme des patins sur les dalles en granit. Son cœur est épanoui, pivoine géante dans sa poitrine. Il chantonne un succès italien des années quatre-vingt. Un rayon de soleil qui s'invite à travers la baie vitrée et vient barbouiller le flanc du TGV le bouleverse. « La beauté, ah, la beauté ! » s'exclame-t-il, citant son auteur favori. Cette fois, il s'en fait le serment, il ne dormira pas dans le train. Il veut profiter de chaque minute offerte comme il le ferait d'une seconde vie. Plutôt que de gagner sa place, il se rend directement à la voiture-bar. Il regardera défiler le paysage, commandera une bière, sera heureux, grignotera des cacahouètes, étudiera les couvertures des magazines.

Comment ont-ils entamé la conversation ? Oui, voilà, ça lui revient. Elle a parlé des touillettes. Il n'a pas répondu immédiatement, croyant qu'elle avait dit « toilettes ». Il s'est senti un peu embarrassé. Pour elle, car, pour sa part, il a atteint un degré de félicité qui ne connaît plus ni gêne ni désarroi. Mais elle avait bien dit « touillettes ».

« "Touillette", c'est bizarre ce mot, fait-elle en

remuant son espresso. On pourrait dire cuiller. Sauf que ce n'est pas une cuiller. C'est un bâtonnet. Si on disait "bâtonnet", ce serait vague. Alors on dit "touillette", même si ça n'existe pas. Parce que c'est pour touiller. En quatre-vingt-sept ans de vie, je crois bien que c'est la première fois que je prononce ce mot : "touiller". Sans parler de touillette. C'est le jeune homme au bar qui m'a dit : "N'oubliez pas votre touillette !" Quelle phrase, tout de même. En quatre-vingt-sept ans de vie, jamais entendu une phrase aussi… aussi…

– Absurde, propose Josh, qui s'intéresse tout à coup au soliloque de la vieille dame debout face à lui, de l'autre côté du meuble en plastique et en fer qui fait office de table.

– Absurde, répète-t-elle d'une voix songeuse. Je crois comprendre le sens de ce mot, mais je ne l'aurais jamais utilisé, voyez-vous. Un peu comme si, à la place de cette touillette, j'avais trouvé une cuiller en vermeil dans mon gobelet. Je n'ai pas été élevée dans les mots.

– Vous semblez pourtant vous y intéresser.

– Je m'intéresse à tout, répond la femme. Comment faire autrement à l'âge que j'ai ? C'est une question de décence d'être curieuse. »

Josh sent quelque chose lui picoter le coin de la bouche. L'envie d'un baiser. Il ne comprend pas d'où vient cette sensation qu'il chasse comme il le peut. La femme remue son café, hésite à le boire. C'est l'occasion de relancer la conversation, songe-t-il.

« Vous craignez qu'il ne soit trop chaud ? Je me trompe ? Il est souvent trop chaud quand il sort de la machine. Ou alors trop froid. »

Quand on parle d'absurde… Mais la femme ne se moque pas. Elle sourit timidement. Et ses yeux, au fond desquels luit une mystérieuse et très lointaine étincelle, disent ce qu'elle n'ose exprimer de vive voix : « Je ne veux pas faire la vieille qui parle toute seule dans le train et qui embête les passagers avec son bla-bla. Je sais m'arrêter. Et d'ailleurs, je m'arrête. » Josh voudrait lui dire qu'au contraire il faut qu'elle continue, que cela fait longtemps qu'il n'a pas eu envie d'écouter quelqu'un comme il a envie de l'écouter, elle, là, maintenant. Cette histoire de touillette, de bâtonnet, de cuiller, c'est exactement le genre de divagations qui le hantent et qu'il ne peut partager avec personne. Il veut à tout prix que l'échange se poursuive. Il éprouve la joie anticipée du pirate qui, sous sa pioche, entend soudain résonner les ferrures du coffre enterré sur l'île déserte. Il tente le tout pour le tout.

« Vous allez à Paris ?

– Oui. »

Décidément, le trésor ne se livrera pas sans bataille.

« Vous y habitez ?

– Oh, non, non. J'habite… Mais c'est un village inconnu, ça ne vous dirait rien.

– Vous avez de la famille à Paris ? »

La femme bat des paupières. Elle n'a pas l'habitude d'être questionnée. Elle a peur, dirait-on. Elle répond néanmoins : « Non, je vais à Paris pour changer de train. Je vais dans l'Est, enfin, dans le Sud-Est, ou presque. Je prends le train de nuit. À gare de Lyon. Le plus dur, c'est d'aller d'une gare à l'autre, parce que Paris, c'est quand même Paris, vous voyez ce que je veux dire ? » fait-elle, regrettant aussitôt de s'être livrée ainsi. De s'être plainte. Elle a horreur des vieilles qui geignent.

« Oh, oui, je vois exactement ce que vous voulez dire. Une ville agressive, bruyante. Toutes sortes de gens qui vont on ne sait où, qui cherchent on ne sait quoi.

– Non, ce n'est pas ce que je voulais dire. »

Elle hésite un instant, étonnée d'avoir interrompu ce monsieur si élégant, si savant. Qu'est-ce qui lui arrive ? Va-t-elle avoir le front, à présent, de développer son idée ? Josh l'encourage d'un mouvement de tête.

« Ce que je veux dire, reprend-elle, légèrement ragaillardie, c'est que Paris est une très belle ville, vivante, pleine de gens passionnants, de choses qu'on ne trouve nulle part ailleurs. Alors la traverser, comme ça, en métro, sans rien en voir. Moi, je n'y viens jamais, vous savez, alors passer dessous, en vitesse, sans prendre le temps de… c'est comme une insulte. Ça n'a pas de sens ce que je dis. D'habitude, je ne parle pas autant. C'est vous qui… c'est parce que vous avez l'air… enfin, je ne sais pas. »

Josh sent ses mains se mettre à trembler, très légèrement. Un frisson le parcourt. Il pense qu'il couve peut-être une grippe. Il se demande s'il ne vaudrait pas mieux qu'il aille s'asseoir à sa place, mais dès que cette idée le traverse, les frissons redoublent. Non, ce dont il a besoin, c'est que ça continue.

« Et qu'allez-vous faire, dans le Sud-Est ou presque ? » lance-t-il.

Elle ne répond pas, elle regarde son gobelet de café vide.

« Oh, ne le prenez pas mal, dit Josh. Je vous pose des questions parce que j'ai le mal des transports. Je ne veux pas être indiscret, mais, voyez-vous, quand on me parle, j'ai moins mal au cœur. C'est drôle, non ? D'habitude, j'avale un cachet. J'ai oublié ma boîte à la maison. Cela vous ennuie vraiment de parler avec moi ? »

Il ment et son mensonge l'enivre, il se sent renouvelé, un homme neuf.

« Pas du tout, monsieur. Au contraire. C'est seulement que je n'ai pas envie de déranger les voyageurs.

– Vous ne dérangez personne. Alors, qu'allez-vous faire si loin de chez vous ? »

La femme porte les mains à son visage, couvre ses joues et dit : « C'est mes enfants. » Elle secoue la tête, rougit. Josh craint qu'elle ne se mette à pleurer. Cependant le sésame a été prononcé : « enfants » et toutes les portes s'ouvrent.

« Ils m'ont offert une cure thermale grand luxe. Ils s'y sont mis à tous, parce que c'est pas donné. L'hôtel a au moins quatre ou cinq étoiles. Mes enfants sont tellement, tellement gentils, vous ne pouvez pas savoir. C'est des vieux maintenant, ils sont grands-pères et grands-mères, la plus jeune a soixante ans, mais ce sont mes petits, vous voyez ?

– Combien en avez-vous ? »

La femme lève les deux mains. Cinq doigts déployés côté gauche. Deux doigts côté droit. Puis, très lentement, le pouce de la main gauche se replie vers l'intérieur et ses yeux s'embuent. Josh comprend. Elle a eu sept enfants et le cinquième est mort.

« En bas âge ? demande-t-il d'une voix aussi douce que possible.

– C'est toujours en bas âge quand c'est votre enfant. »

Josh regrette sa dernière question. Elle a tari la source. Ils ne peuvent plus rien se dire. Mais il se trompe, car la femme, après un long silence durant lequel ses yeux ne quittent pas le revers de l'imperméable de Josh, déclare : « Mon mari était un sale type. »

Josh sent ses jambes se dérober sous lui. Il voudrait prendre la femme dans ses bras, la serrer, briser la vitre du train, s'envoler avec elle très haut dans le ciel. Il éprouve la même sensation que lorsqu'il tombe amoureux.

« J'ai été mariée de force. Ça se faisait à l'époque. Parfois je me dis qu'on n'aurait pas pu me marier autrement, de toute façon, parce que mon cœur était pris. À seize ans, j'ai rencontré l'homme de ma vie. Il était un peu plus âgé. Je l'ai aimé comme une folle. »

La mystérieuse et lointaine étincelle luit plus fort dans ses yeux. Josh voit cet amour immense, comme une étoile dans le ciel. Une étoile dont la lumière n'est que l'écho visuel d'un rayonnement terminé depuis des milliers d'années.

« Les gens pensent qu'à seize ans on ne sait pas ce que c'est que l'amour. Ils se trompent. Je l'ai aimé à crever et si je suis encore là, c'est que j'avais trop de chagrin pour avoir la force d'en finir. Il a été mobilisé en 1940. Il est mort tout de suite. Il n'a même pas eu le temps de m'écrire. Après c'était la guerre, et encore après, c'était la misère. Un type est venu, il portait une veste. Mes parents ont tellement aimé cette veste qu'ils m'ont mariée avec. Mon mari était bel homme. Une fine moustache, des yeux clairs. Il souriait tout le temps, du matin au soir. Il m'a frappée dès la nuit de noces. Il m'a violée. »

La femme s'arrête de parler. Elle regarde Josh qui la regarde, horrifié.

« Vous comprenez quand je dis "violée" ? » demande-t-elle, hésitante.

Josh acquiesce vigoureusement.

« Ah, fait-elle. C'est drôle. Les hommes d'habitude – enfin, je ne veux pas généraliser, mais la plupart ne comprennent pas. Enfin, ce n'est pas comme si je l'avais raconté à la Terre entière. J'ai simplement remarqué ça, que les hommes, quand j'en parle, font une drôle de tête. Mes sept enfants sont le fruit d'un viol, mais je les aime à un point ! Ils ont tout fait pour moi. C'est eux qui ont fait coffrer mon mari. L'aîné avait dix-neuf ans, mais ils s'y sont mis à tous ; comme là, pour la cure. Je ne leur avais rien demandé. Jamais je n'avais dit un mot de travers sur leur père. C'est eux qui ont décidé. Moi, j'aurais été contre : des enfants ne font pas coffrer leur père, c'est pas naturel. Ils me connaissent par cœur mes enfants, alors ils ne m'ont pas demandé mon avis. Au procès, j'ai tenu à dire que mon mari n'avait pas une seule fois levé la main sur eux. C'était la vérité. Il n'en avait qu'après moi. Le divorce a été prononcé pendant qu'il était en prison. Il en a pris pour un an, dont six mois avec sursis. En sortant, il est venu à la maison pour me tuer. Finir le travail. Il a débarqué un dimanche matin. On habitait un petit pavillon. J'étais seule. Les enfants étaient au sport ou je ne sais où. Il est entré dans le salon avec une grosse pierre dans les mains. Je dirais, à peu près de la taille d'une télévision. C'était très lourd et il suait. Il l'a levée au-dessus de sa tête. Moi, j'étais assise sur le canapé, près de la fenêtre, pour repriser. Il l'a levée et s'est avancé vers moi. Il voulait m'écraser avec, c'était clair comme de l'eau de roche. Et puis, au dernier moment, je ne sais pas ce qui lui a pris. Il a laissé la pierre tomber. Ça a bousillé tout le carrelage neuf du salon. Et puis il est reparti. J'ai refusé de dire aux enfants comment cette pierre était arrivée là, dans le salon. Ils ont eu beau me poser mille et cent questions, j'ai dit non, vous ne saurez rien. Je n'ai jamais plus eu de nouvelles de mon mari après ça. Et la vie est devenue douce. J'ai trouvé un travail à la mairie. Très vite, j'ai eu des petits-enfants. J'en ai dix-sept en tout. Et huit arrière-petits-enfants. C'est beau quand même. »

Josh perçoit un frémissement dans ses doigts, il entend un cliquetis au fond de son oreille. Les aiguilles à tricoter, c'est comme si c'était lui qui les maniait. Combien de paires de chaussons ? Combien de bonnets, de brassières ? Elle parle de l'odeur du crâne des nouveau-nés et il la sent dans sa narine. Il connaît tout de son existence, de ses sensations.

Le train s'arrête le long du quai. Josh propose à la vieille dame de l'accompagner en taxi jusqu'à la gare de Lyon. Il prétend qu'il habite tout près, qu'il en aurait pris un de toute façon. Elle ne veut pas. Elle refuse aussi qu'il l'accompagne en métro.

« Je n'ai pas de bagages, dit-elle. Et je n'ai peur de rien.

– Mais en taxi, vous pourriez voir la ville. Paris, ce n'est pas rien, Paris la nuit. Vous allez faire plus de douze heures de train et vous vous rajoutez le métro.

– C'est ça, l'aventure, jeune homme ! » lui répond-elle avec un sourire espiègle.

Il voudrait lui demander « Est-ce qu'on peut se revoir ? » et son cœur bat aussi vite que s'ils avaient seize ans. Mais c'est inapproprié. Il n'est pas amoureux de cette vieille dame, toute petite, ratatinée, avec des rides et la peau qui pend, avec des doigts maigres et tordus. Tandis qu'elle s'éloigne, il observe ses deux longues tresses blanches qui tressautent dans son dos. Il pense que s'il avait vécu une vie pareille, il aurait pu écrire un chef-d'œuvre. Cette pensée l'irrite. La femme se retourne, le voit qui la regarde. Elle rebrousse chemin. Il espère qu'elle va changer d'avis, qu'ils vont prendre un taxi ensemble, qu'il montera dans le train de nuit avec elle.

« Comment vous appelez-vous, lui demande-t-elle.

– Jean. Jean Vanefender. Mais on m'appelle Josh. C'est un pseudonyme en réalité.

– Ah ? Oui… fait-elle d'une voix rêveuse. Un pseudonyme. C'est une bonne idée, ça, un pseudonyme. Moi, si c'était à refaire, j'en prendrais un aussi. »

Le temps que Jean essaie de comprendre, la femme a déjà disparu parmi les voyageurs qui, nez en avant, épaules accablées, s'engouffrent dans le métro pour traverser la ville.

# Ce qui est arrivé aux Kempinski

Mes parents voulaient que je sois pianiste. Ma grand-mère disait parfois : « Violoniste, c'est bien aussi, violoniste. » Ma mère levait les yeux au ciel. Finalement, j'ai choisi la guitare. Cet instrument était l'ennemi de mes parents. Chaque fois que j'ouvrais mon étui et que je m'asseyais pour en jouer, ils quittaient la pièce, la maison. C'était un affront que je dirigeais contre eux ; mais parce qu'ils avaient choisi de nous donner une éducation libérale, ils ne pouvaient me réprimander. J'étais inscrite au conservatoire ; ils avaient toujours des rendez-vous très importants lors des concerts de fin d'année. Si j'avais été quelqu'un de bien, je serais devenue la nouvelle Baden-Powell. J'en aurais mis plein la vue à mes parents, je leur aurais déchiré le cœur avec mon interprétation très personnelle de *Jésus que ma joie demeure.* Mais je ne suis pas suffisamment bonne musicienne. Entre dix-huit et vingt-deux ans, il m'arrivait encore de grattouiller, le soir, pour des amis. Je parvenais à créer une ambiance décontractée et sensuelle. Des amours naissaient sous mes yeux. On me servait du vin que je ne pouvais boire car j'avais les deux mains prises, et je regardais les autres s'aimer. Mais je n'étais pas jalouse. Je ne désirais pas m'engager.

Mes parents voulaient que je sois pianiste et je ne

suis même pas devenue guitariste. Je suis historienne. Personne ne croit que c'est un métier. Dans les dîners, dans les fêtes, je regrettais parfois de ne pas avoir suivi la voie qu'avaient tracée pour moi mon père et ma mère.

« Et toi, tu fais quoi dans la vie ?

– Je suis pianiste.

– Waouh ! Vraiment ?

– Ouais, vraiment.

– Et tu fais des concerts ?

– Oui.

– Où ça ? On peut aller t'écouter ?

– À Gaveau, à Pleyel, au Théâtre des Champs-Élysées, et puis à l'étranger, bien sûr. »

Au lieu de ça, à cause de mon obstination, de ma résistance à la merveilleuse éducation libérale dispensée par mes parents, ça donnait :

« Et toi, tu fais quoi dans la vie ?

– Je suis historienne.

– Ah, prof d'histoire ? (Léger soupir désabusé dans la voix.)

– Non, enfin, j'enseigne, mais je fais surtout de la recherche. (L'interlocuteur bâille, il a envie de changer de conversation, peut-être va-t-il prétexter l'urgence d'aller remplir nos verres.) J'organise des colloques.

– Ah ouais, sur quoi ?

– Sur la Shoah. »

Et là, il se passait quelque chose. Quelque chose d'atroce. La tête que faisaient les gens quand je leur disais ça était un événement en soi, une œuvre, un kaléidoscope. La grimace n'était pas toujours la même. Sa variété constituait une menace. Parfois je pensais en faire un catalogue. Irais-je jusqu'à l'exposition ? me demandais-je. Je me promènerais alors avec un appareil photo et, au moment où je décocherais ma réponse, j'appuierais sur le déclencheur. L'exposition aurait pour titre : *La tête que font les gens quand je leur dis que je travaille sur la Shoah*. Ce serait sans doute un échec. Ce n'était cependant pas cela qui me retenait. Ce qui me retenait, je crois, c'était la pudeur, la honte. C'est ce type de sentiment, d'ailleurs, qui m'a amenée à modifier ma réponse. Lassée de collectionner les « Ah, génial » sur le ton du dégoût ; les « Tu crois pas qu'on en a soupé de cette histoire » avec l'accent du donneur de leçons ; les « Comment ? » avec un air bourré, j'ai fini par changer l'intitulé de mon sujet de recherche. Il y a quelques années, j'ai décidé de remplacer « Shoah » par « Éléments d'histoire récente » ; l'avantage c'est que c'est si vague et ennuyeux que personne ne s'y attarde. J'en suis quitte pour un « Ah ? » précédant d'une ou deux secondes la disparition totale de mon interlocuteur.

Le problème, c'est que, vers vingt-huit ans, je me suis soudain sentie prête pour l'amour. Il fallait que je rencontre quelqu'un. J'ai donc décidé de ne plus dire que j'étais historienne. Quand j'étais à un dîner ou une fête, je disais que j'étais critique culinaire. J'ai eu infiniment plus de succès qu'avec la Shoah. Ma nouvelle personnalité sociale n'a été vraiment testée qu'à deux reprises, mais j'ai pu m'enorgueillir d'un succès total du point de vue statistique : à la première soirée, un type barbu, avec de très jolies lunettes en écaille, m'a invitée à danser un rock, puis une salsa, ensuite il m'a servi une caïpirinha, m'a embrassée dans le cou et proposé de le suivre je ne sais où. Je n'aime pas les barbus, j'ai dit non. La seconde fois, c'était un type beaucoup plus petit que moi (ça, j'aime bien) et très maigre (mon modèle préféré, en fait), avec de beaux yeux tendres et profonds (un rêve d'homme en somme). On a parlé de mon métier, de mes restaurants favoris ; nous avons évoqué le retour en grâce du radis noir, la folie des couteaux (le mollusque, pas l'outil), la fin du wasabi, l'enterrement du vinaigre balsamique, la discrète ascension de l'huile de sésame. Il m'a raconté quelques sessions d'enregistrement – il était ingénieur du son. Nous avons bu du champagne, nos mains se sont effleurées. Je l'ai entraîné vers l'endroit où ça dansait. Lumières éteintes, parfum suave de sueur, vibrations et grondement des basses qui remontent des talons aux iliaques. Il s'est mis à bouger, d'abord timidement, puis plus franchement, et j'ai malheureusement constaté qu'il souffrait d'une arythmie massive. J'ai contenu mon hilarité. Nous avons reparlé. Rebu. Nos joues se sont effleurées. Je lui ai donné un faux numéro. Je le regrette encore. Il m'arrive même de rêver de lui. Je me suis conduite comme ces machos ridicules qui passent à côté de la femme de leur vie à cause d'une tache de naissance ou d'un orteil en marteau. Tant pis pour moi. Je n'avais qu'à pas mentir. Ce fut ma leçon et ma punition.

J'ai beaucoup réfléchi après ces deux expériences. J'ai compris que je posais le problème à l'envers et que j'avais, en réalité, une chance inouïe. Travailler sur la Shoah, c'était comme posséder la pantoufle de vair. Il fallait seulement être patiente et minutieuse, faire essayer la phrase « J'organise des colloques sur la Shoah » à tous les cerveaux, à tous les cœurs, comme le prince, il y a bien bien longtemps, dans un lointain lointain royaume, glissait l'escarpin sur des centaines – que dis-je ? – des milliers de pieds. J'ai appliqué cette méthode trois années durant, en vain.

J'ai fini par rencontrer mon mari à la piscine. Je nageais le dos crawlé. De travers. Je lui ai donné une énorme baffe sur la tête. Il a fait semblant de se noyer. J'ai fait semblant d'y croire. Je l'ai secouru. Il a fait semblant de ne plus respirer. Quand j'ai vu le tout petit sourire qui se dessinait aux commissures de ses lèvres (belles, appétissantes), j'ai décidé de lui administrer un bouche-à-bouche à ressusciter un caillou. Il est revenu à lui. Nous avons beaucoup ri ce jour-là. Nous avons aussi constaté que nous nous trouvions attirants même avec un bonnet de bain et les yeux rouges. Nous nous sommes dit que cela pourrait difficilement être pire et que nous avions donc, devant nous, de belles années de passion amoureuse.

Martin m'aide beaucoup dans mon travail. Quand j'ai décidé d'organiser les rencontres *France-Allemagne Troisième Génération*, il a tout de suite proposé de s'occuper de la plaquette de présentation (il est graphiste). « Ce sera un plaisir et un honneur », a-t-il déclaré, avec juste ce qu'il fallait de dérision dans la voix, avec peut-être aussi un brin d'accent allemand. Ces rencontres étaient l'aboutissement de ma thèse et, au-delà, d'un travail de terrain de plusieurs années en collaboration avec un laboratoire d'ethnologie. Je souhaitais confronter de jeunes juifs français et de jeunes Allemands. Le programme s'étendait sur trois jours et s'est déroulé dans un corps de ferme magnifique, situé en Suisse et mis à notre disposition par un mécène qui ne désirait pas être nommé. Les échanges ont été passionnés, émouvants, violents aussi.

De retour à Paris, j'ai organisé une journée d'étude à Normale Sup avec des collègues, durant laquelle nous avons projeté le film réalisé lors des rencontres. Toute ma famille était là. Pour une fois, mes parents avaient l'air à peu près fiers de moi. Il y avait même mon grand-père, Baruch Goldfinger, et quelques personnes comme lui. Je veux dire, des survivants. Mon grand-père, c'est moi qui l'avais invité. Les survivants, il y en a toujours, ils s'invitent tout seuls. Ils sont comme les moineaux quand un passant lance du pain. Ils surgissent d'on ne sait où, se regroupent et picorent, avant de disparaître. Pendant la projection, j'ai dû me lever pour demander le silence. J'ai l'habitude. Ces gens-là, les gens comme mon grand-père, je veux dire, les survivants, ont toujours beaucoup de choses à dire. Ils sont très réactifs. Ils aiment poser des questions, mais ce qu'ils aiment par-dessus tout, c'est faire des commentaires. J'envisage d'écrire un livre avec Paula Rittenmeyer, une fille qui était avec moi à Ulm, sur la parole et le silence des survivants. Mais je m'égare. J'en étais à la projection de *France-Allemagne Troisième Génération*. Au moment des questions, plusieurs mains dans les rangs des « agités » se sont levées.

« Et pourquoi vous n'avez pas fait se rencontrer des anciens déportés avec des anciens nazis ? »

« Comment avez-vous sélectionné vos participants ? Ils ont l'air pas net. »

« Mon fils, qui est compositeur de musique, il a écrit de très belles choses. Votre film serait mieux avec de la musique quand même. Vous voulez son téléphone ? »

J'ai répondu comme je pouvais, avant de passer la parole à des intervenants un peu plus scientifiques. À la fin de la journée, j'étais comblée. J'avais reçu des témoignages d'admiration de la part de mes collègues. Mon directeur de thèse m'avait pris les mains pour les serrer très fort. J'étais fatiguée aussi. À l'instant où j'allais regagner la rue (ô miraculeux arôme de l'air frais, du vent, à la sortie d'un colloque !), j'ai aperçu mon grand-père en conversation avec lui-même, dans un coin du hall de l'ENS. Il semblait plus petit encore que d'habitude, froissé, comme s'il venait de subir une brusque déshydratation. Que faisait-il là, perdu, solitaire ? Où étaient mes parents ? Qui le ramènerait chez lui ? Je me suis approchée, songeant qu'il avait tenu à rester pour me féliciter personnellement. Il allait me prendre dans ses bras aux os légers et friables. Je me plierais légèrement en deux au niveau de la taille pour ne pas le dépasser d'une tête et pouvoir coller ma joue sur son épaule afin d'inspirer une petite bouffée d'Eau Sauvage. J'ai été arrêtée dans mon élan par le sourire qu'il m'a adressé en me voyant. Un sourire forcé, menton en avant, presque un rictus. J'ai quand même continué à avancer, chancelante. Il a finalement ouvert les bras. Flexion. Eau Sauvage. Puis il m'a repoussée, a posé ses mains sur mes épaules, m'a regardée au fond des yeux et dit : « Très bien ta conférence. Ton film. Les jeunes Français d'aujourd'hui, les jeunes Allemands. La réconciliation. Très intéressant. Mais tu ne pourrais pas attendre qu'on soit tous morts pour faire ça ? »

Tandis qu'il prononçait cette dernière phrase, des larmes étaient montées à ses yeux.

Le soir, j'ai voulu en parler à Martin, mais je n'y arrivais pas. Les mots me paraissaient très au-dessous de la mission que j'aurais voulu leur confier. Alors, pour parvenir à m'endormir, j'ai pensé au père Karl.

J'ai rencontré Karl, enfin, le père Karl, durant les journées *France-Allemagne Troisième Génération*. Il accompagnait un des groupes de jeunes Allemands. Il ne venait pas en tant que représentant de l'Église. C'est ce qu'il a indiqué en portant la main à son cou pour désigner le col blanc qui distinguait sa tenue. Il était là pour étude, pour son édification personnelle, parce que, a-t-il ajouté, il avait beaucoup travaillé sur la question. Et c'était vrai. J'ai pu le constater dès le premier soir, lors d'une veillée en musique au cours de laquelle il a chanté, d'une belle voix de baryton, deux berceuses en yiddish, avant de nous entretenir de ses réflexions récentes autour des antagonismes entre juifs de la diaspora et citoyens d'Eretz Israël (il ne disait jamais « Israël » sans lui adjoindre ce mot hébreu, « Eretz », qui signifie « Terre ». Terre d'Israël, disait-il, à la manière des juifs observants). Karl a été, durant les trois jours du séminaire, un interlocuteur d'une finesse, d'un discernement, d'une clairvoyance inouïs. Nous avons chanté ensemble, parlé ensemble jusqu'à cinq heures du matin, fumé des cigarettes ensemble en regardant les étoiles, guetté ensemble le lever du soleil.

Quand je suis rentrée à la maison, Martin m'a trouvée très en forme. Je n'avais pourtant dormi que quatre heures en trois jours. Il m'a posé des questions. Même s'il n'est pas jaloux, il sait que les déplacements sont des périodes à risque. Je lui ai tout raconté, enfin, presque tout. J'ai parlé du père Karl. Je ne lui ai pas dit que je l'appelais Karl. Je ne lui ai pas dévoilé la couleur de ses yeux, ni l'irrésistible façon qu'avaient ses deux dents de devant de se chevaucher légèrement, lui dessinant une lèvre supérieure pulpeuse et impertinente. Je n'ai pas non plus précisé que mon cœur battait plus fort et plus vite lorsque je prononçais son nom. Étais-je amoureuse ? Moi, amoureuse d'un Allemand ? Moi, amoureuse d'un pasteur ? Impossible, me disais-je. L'emballement cardiaque tenait à l'impression si agréable d'être enfin entendue, comprise. J'avais rencontré une personne qui ne grimaçait pas quand je parlais de la Shoah. Au contraire. Pendant ces trois jours, le visage de Karl, dès que je prenais la parole, s'illuminait. J'avais le sentiment qu'il surveillait ma bouche tant son impatience était grande à entendre mes paroles. Il ne manquait jamais d'ajouter un détail, une date. Très vite, au bout de quelques heures, nous formions un genre d'équipe, ou plutôt, nous étions comme deux grands joueurs de tennis, les meilleurs mondiaux, qui s'affrontent avec respect et amitié. Il était, en particulier, un fin connaisseur de l'organigramme de la Reichsbahn et des négociations concernant les tarifs pour le transport des juifs jusqu'à leur lieu d'extermination. Nous tissions ensemble la bannière sous laquelle *France-Allemagne Troisième Génération* se déployait, s'épanouissait.

Le lendemain de la projection, j'ai appelé le père Karl. J'ai dit : « Pardonnez-moi de vous déranger, mon père. » Je tremblais des pieds à la tête.

« Katioucha ! s'est-il exclamé d'un ton amical. Comment vas-tu ? Comment s'est passée la journée d'étude ? J'aurais tellement aimé être là. »

J'ai pensé que Martin, qui s'était pourtant prétendu heureux et honoré de concevoir la plaquette de présentation de *France-Allemagne Troisième Génération*, n'avait pas jugé bon d'assister au point d'orgue de la manifestation.

« Raconte ! m'a-t-il dit d'un ton encourageant. Et ne me vouvoie pas, je t'en prie, on dirait que tu parles à un curé. »

Il a ri. J'ai ri aussi. Je lui ai raconté. Je n'ai pas abordé la réflexion, ni même la présence de mon grand-père. Il a deviné de lui-même.

« Il y avait des survivants, je suppose, a-t-il lancé d'une voix particulièrement douce, où la compassion et l'admiration se mêlaient à parts égales. Des gens de ta famille, peut-être ? »

J'ai tout déballé, les questions agressives, les commentaires agaçants. Au moment d'évoquer la phrase de mon grand-père, je me suis mise à pleurer. Karl m'a consolée de la façon la plus délicate. Il a su trouver les mots. Je me suis soudain sentie protégée, inatteignable, sacrée. Depuis ce jour, nous avons pris l'habitude de nous appeler une à deux fois par semaine. Je m'arrange pour lui téléphoner du bureau. Je peux comprendre que Martin en ait ras le bol d'entendre égrener des numéros de convois et les noms de différents *Obersturmbannführer*. Il arrive que la conversation dévie, mais assez peu dans l'ensemble. Nous occupons notre territoire. Quelque chose a grandi en moi. Une enclave. Une faille ?

Comprendrai-je un jour ce qui m'a pris d'organiser ce voyage en Allemagne ? J'ai dit à Martin que je devais me rendre de nouveau au Musée juif de Berlin. C'était faux. Je ne comptais pas y retourner, pas plus qu'au Mémorial. Non. J'avais réservé une chambre dans un hôtel pour deux nuits et je n'avais rien prévu comme visites. Je savais seulement qu'une fois là-bas, je décrocherais le téléphone de l'hôtel et composerais le numéro berlinois du père Karl. Nous nous donnerions rendez-vous pour… manger une glace.

Dans l'avion de la Lufthansa, j'ai commandé un whisky et rêvassé malgré les secousses occasionnées par les trous d'air. Ils sont vachement solides, leurs avions, me suis-je surprise à penser. J'ai ri. Je me suis moquée de moi-même. L'alcool m'encourageait à me trouver très sympathique. Je n'avais que tendresse pour mes divagations, mes pieds posés sur la moquette bleue, ma main gauche qui m'éventait avec le carton plastifié où figuraient les consignes de sécurité, ma hardiesse à commander un whisky, ma prise de liberté.

Dès que je me suis installée à l'hôtel, comme prévu, j'ai décroché le téléphone.

« Père Karl, je te dérange ?
– Jamais.
– Je suis arrivée !
– Où ça ?
– À Berlin !
– Tu es à Berlin ? (Oh, la joie dans sa voix !)
– Oui, à Berlin. Je suis à l'hôtel.
– Lequel ?
– L'hôtel Kempinski.
– L'hôtel Kempinski ? (L'excitation dans sa voix.)
– Mais oui. Pas loin de chez toi, je crois.
– Sais-tu ce qui est arrivé aux Kempinski ?
– Non. Et je m'en fiche pas mal.
– Tu ne peux pas dire ça, Katioucha ! Il faut absolument que je te raconte.
– Non, non, je t'assure. Je ne suis pas ici pour le travail. (Légère pointe de coquinerie.)
– Ce n'est pas une question de travail. C'est une question d'histoire, d'histoire du peuple allemand. De notre devoir collectif de mémoire. (Sa voix montait. Son accent, si léger, si chantant d'habitude, résonnait comme un coup de fouet à mon oreille.)
– Lâche l'affaire, Karl. Je te dis que je ne suis pas là pour mon travail. Je me fous complètement des Kempinski. Je n'ai pas envie que tu me parles de ça. Je n'ai pas envie d'un mot de plus de toi sur la Shoah. À partir de maintenant, c'est moi qui décide quand on en parle, d'accord ? » (Soudain, la colère est montée, j'ignorais d'où elle venait, mais ce qui était certain, c'est qu'elle se déversait sans le moindre obstacle sur le père Karl. J'ai poursuivi… Dois-je préciser que j'avais bu un deuxième whisky dans l'avion et un troisième, apporté par le room service ? J'ai poursuivi :) « Putain, Karl. Qu'est-ce que t'as dans le ventre ? Du

foie haché ? Ça fait des semaines que j'essaie de parler d'autre chose et toi, à chaque fois, tu la ramènes avec ça. J'en ai marre. Tu comprends ? Je ne veux plus en parler. C'est mon histoire, pas la tienne. C'est moi qui décide quand on en parle ou pas, okay ? »

Il a raccroché.

Je suis descendue au bar. Mes dents claquaient. Je me mordais les lèvres. J'ai commandé un quatrième whisky et je me suis assise dans un fauteuil en cuir glacé. Dans mon dos, un pianiste jouait la chanson du film *Cabaret* de Bob Fosse, *Willkommen, Bienvenue, Welcome,* sans le moindre entrain. J'ai pensé à mes parents. Je me suis dit que, décidément, j'aurais mieux fait de les écouter.

Merci à Ruth Sands, sans qui la nouvelle qui donne son nom au recueil n'existerait pas.

Merci à Florence Seyvos et Dante Desarthe pour m'avoir accompagnée dans cette écriture avec tant de douceur et d'endurance.

Merci, enfin, à Patricia Duez, dont le regard persan/perçant est toujours bienveillant.

Les nouvelles suivantes ont déjà fait l'objet d'une publication en revue, pour certaines dans une version différente :

« L'oreille humaine », *Télérama* n° 3181, 1er janvier 2011.

« Une leçon de vol libre », revue *Quoi ?* n° 1, automne 2005.

« Lettre ouverte », magazine *Couleur Oléron*, 2006.

« Tonton Achille » (sous le titre « Le Cheval pie »), *Petit pan de mur jaune*, éditions du musée du Louvre / Skira-Flammarion, 2010.

« Il ne se passe jamais rien ici », *Femme actuelle*, été 2009.
Puis dans *La Rencontre*, Prisma Presse, 2010

« Vingt-quatre marches » (sous le titre « Une femme dans le vent »), revue *Canopée*, 2005.

# Table

DU MÊME AUTEUR

Quelques minutes de bonheur absolu
*Éditions de l'Olivier, 1993*
*et « Points », n° P189*

Un secret sans importance
*Éditions de l'Olivier, 1996*
*et « Points », n° P350*

Cinq photos de ma femme
*Éditions de l'Olivier, 1998*
*et « Points », n° P704*

Les Bonnes Intentions
*Éditions de l'Olivier, 2000*
*et « Points », n° P917*

Le Principe de Frédelle
*Éditions de l'Olivier, 2003*
*et « Points », n° P1180*

Tête, archéologie du présent
*(photographies de Gladys)*
*Filigranes, 2004*

V.W. : le mélange des genres
*(en collaboration avec Geneviève Brisac)*
*Éditions de l'Olivier, 2004*
*réédité sous le titre*
La Double Vie de Virginia Woolf
*Points, n° P1987, 2008*

Mangez-moi
*Éditions de l'Olivier, 2006*
*et « Points », n° P1741*

Le Remplaçant
*Éditions de l'Olivier, 2009*
*et « Points », n° P2439*

Dans la nuit brune
*Éditions de l'Olivier, 2010*
*et « Points », n° P2686*

Une partie de chasse
*Éditions de l'Olivier, 2012*
*et « Points », n° P3079*

Comment j'ai appris à lire
*Stock, 2013*
*et « Points », n° P3272*

LIVRES POUR LA JEUNESSE

Abo, le minable homme des neiges
*(illustrations de Claude Boujon)*
*L'École des Loisirs, 1992*

Le Mariage de Simon
*(illustrations de Louis Bachelot)*
*L'École des Loisirs, 1992*
*et*
*(illustrations de Anaïs Vaugelade)*
*L'École des Loisirs, 2011*

Le Roi Ferdinand
*(illustrations de Marjolaine Caron)*
*L'École des Loisirs, 1992, 1993*

Les Peurs de Conception
*L'École des Loisirs, 1992, 1993*

Je ne t'aime pas, Paulus
*L'École des Loisirs, 1992*

La Fête des pères
*(illustrations de Benoît Jacques)*
*L'École des Loisirs, 1992, 1994*

Dur de dur
*L'École des Loisirs, 1993*

Benjamin, héros solitaire
*(illustrations de Véronique Deiss)*
*L'École des Loisirs, 1994*

Tout ce qu'on ne dit pas
*L'École des Loisirs, 1995*

Poète maudit
*L'École des Loisirs, 1995*

La Femme du bouc émissaire
*(illustrations de Willi Glasauer)*
*L'École des Loisirs, 1995*

L'Expédition
*(illustrations de Willi Glasauer)*
*L'École des Loisirs, 1995*

Les Pieds de Philomène
*(illustrations d'Anaïs Vaugelade)*
*L'École des Loisirs, 1997*

Je manque d'assurance
*L'École des Loisirs, 1997*

Les Grandes Questions
*(illustrations de Véronique Deiss)*
*L'École des Loisirs, 1999*

Les Trois Vœux de l'archiduchesse Van der Socissèche
*L'École des Loisirs, 2000*

Petit Prince Pouf
*(illustrations de Claude Ponti)*
*L'École des Loisirs, 2002 et 2012*

Le Monde d'à côté
*(illustrations d'Anaïs Vaugelade)*
*L'École des Loisirs, 2002*

Comment j'ai changé ma vie
*L'École des Loisirs, 2004*

Igor le labrador

et autres histoires de chiens

*L'École des Loisirs, 2004*

À deux c'est mieux

*(illustrations de Catharina Valckx)*

*L'École des Loisirs, 2004*

C'est qui le plus beau ?

*L'École des Loisirs, 2005*

Les Frères chats

*(illustrations d'Anaïs Vaugelade)*

*L'École des Loisirs, 2005*

Je ne t'aime toujours pas, Paulus

*L'École des Loisirs, 2005*

Je veux être un cheval

*(illustrations d'Anaïs Vaugelade)*

*L'École des Loisirs, 2006*

Mission impossible

*L'École des Loisirs, 2009*

La Plus Belle Fille du monde

*L'École des Loisirs, 2009*

Dingo et le sens de la vie

*(illustrations de Anaïs Vaugelade)*

*L'École des Loisirs, 2012*

Le Poulet fermier

*(illustrations de Anaïs Vaugelade)*

*L'École des Loisirs, 2013*

RÉALISATION : NORD COMPO MULTIMÉDIA À VILLENEUVE-D'ASCQ
IMPRESSION : CPI BRODARD ET TAUPIN À LA FLÈCHE
DÉPÔT LÉGAL : MAI 2015. N° 123507 (3010172)
IMPRIMÉ EN FRANCE

# Éditions Points



DERNIERS TITRES PARUS

P3322. Chansons. L'intégrale 1 (1967-1980), *Lou Reed*
P3323. Chansons. L'intégrale 2 (1982-2000), *Lou Reed*
P3324. Le Dictionnaire de Lemprière, *Lawrence Norfolk*
P3325. Le Divan de Staline, *Jean-Daniel Baltassat*
P3326. La Confrérie des moines volants, *Metin Arditi*
P3327. L'Échange des princesses, *Chantal Thomas*
P3328. Le Dernier Arbre, *Tim Gautreaux*
P3329. Le Cœur par effraction, *James Meek*
P3330. Le Justicier d'Athènes, *Petros Markaris*
P3331. La Solitude du manager, *Manuel Vázquez Montalbán*
P3332. Scènes de la vie d'acteur, *Denis Podalydès*
P3333. La vérité sort souvent de la bouche des enfants *Geneviève de la Bretesche*
P3334. Crazy Cock, *Henry Miller*
P3335. Soifs, *Marie-Claire Blais*
P3336. L'Œuvre de Dieu, la part du Diable, *John Irving*
P3337. Des voleurs comme nous, *Edward Anderson*
P3338. Nu dans le jardin d'Éden, *Harry Crews*
P3339. Une vérité si délicate, *John le Carré*
P3340. Le Corps humain, *Paolo Giordano*
P3341. Les Saisons de Louveplaine, *Cloé Korman*
P3342. Sept femmes, *Lydie Salvayre*
P3343. Les Remèdes du docteur Irabu, *Hideo Okuda*
P3344. Le Dernier Seigneur de Marsad, *Charif Majdalani*
P3345. Primo, *Maryline Desbiolles*
P3346. La plus belle histoire des femmes *Françoise Héritier, Michelle Perrot, Sylviane Agacinski, Nicole Bacharan*
P3347. Le Bidule de Dieu. Une histoire du pénis *Tom Hickman*
P3348. Le Grand Café des brèves de comptoir *Jean-Marie Gourio*

P3349. 7 jours, *Deon Meyer*
P3350. Homme sans chien, *Håkan Nesser*
P3351. Dernier verre à Manhattan, *Don Winslow*
P3352. Mudwoman, *Joyce Carol Oates*
P3353. Panique, *Lydia Flem*
P3354. Mémoire de ma mémoire, *Gérard Chaliand*
P3355. Le Tango de la Vieille Garde, *Arturo Pérez-Reverte*
P3356. Blitz, et autres histoires, *Esther Kreitman*
P3357. Un paradis trompeur, *Henning Mankell*
P3358. Aventurier des glaces, *Nicolas Dubreuil*
P3359. Made in Germany. Le modèle allemand au-delà des mythes, *Guillaume Duval*
P3360. Taxi Driver, *Richard Elman*
P3361. Le Voyage de G. Mastorna, *Federico Fellini*
P3362. 5e avenue, 5 heures du matin, *Sam Wasson*
P3363. Manhattan Folk Story, *Dave Van Ronk, Elijah Wald*
P3364. Sorti de rien, *Irène Frain*
P3365. Idiopathie. Un roman d'amour, de narcissisme et de vaches en souffrance, *Sam Byers*
P3366. Le Bois du rossignol, *Stella Gibbons*
P3367. Les Femmes de ses fils, *Joanna Trollope*
P3368. Bruce, *Peter Ames Carlin*
P3369. Oxymore, mon amour ! Dictionnaire inattendu de la langue française, *Jean-Loup Chiflet*
P3371. Coquelicot, et autres mots que j'aime, *Anne Sylvestre*
P3372. Les Proverbes de nos grands-mères *(illustrations de Virginie Berthemet)*, *Daniel Lacotte*
P3373. La Tête ailleurs, *Nicolas Bedos*
P3374. Mon parrain de Brooklyn, *Hesh Kestin*
P3375. Le Livre rouge de Jack l'éventreur, *Stéphane Bourgoin*
P3376. Disparition d'une femme. L'affaire Viguier *Stéphane Durand-Souffland*
P3377. Affaire Dils-Heaulme. La contre-enquête *Emmanuel Charlot, avec Vincent Rothenburger*
P3378. Faire la paix avec soi. 365 méditations quotidiennes *Etty Hillesum*
P3379. L'amour sauvera le monde, *Michael Lonsdale*
P3380. Le Jardinier de Tibhirine *Jean-Marie Lassausse, avec Christophe Henning*
P3381. Petite philosophie des mandalas. Méditation sur la beauté du monde, *Fabrice Midal*
P3382. Le bonheur est en vous, *Marcelle Auclair*
P3383. Divine Blessure. Faut-il guérir de tout ? *Jacqueline Kelen*
P3384. La Persécution. Un anthologie (1954-1970) *Pier Paolo Pasolini*

P3385. Dans le sillage du météore désinvolte.
Lettres de guerre (1914-1919), *Jacques Vaché*
P3386. Les Immortelles, *Makenzy Orcel*
P3387. La Cravate, *Milena Michiko Flašar*
P3388. Le Livre du roi, *Arnaldur Indridason*
P3389. Piégés dans le Yellowstone, *C.J. Box*
P3390. On the Brinks, *Sam Millar*
P3391. Qu'est-ce que vous voulez voir ?, *Raymond Carver*
P3392. La Confiture d'abricots. Et autres récits
*Alexandre Soljénitsyne*
P3393. La Condition numérique
*Bruno Patino, Jean-François Fogel*
P3394. Le Sourire de Mandela, *John Carlin*
P3395. Au pied du mur, *Elisabeth Sanxay Holding*
P3396. Nous cheminons entourés de fantômes aux fronts troués
*Jean-François Vilar*
P3397. Fun Home, *Alison Bechdel*
P3398. L'homme qui aimait les chiens, *Leonardo Padura*
P3399. Deux veuves pour un testament, *Donna Leon*
P4000. Sans faille, *Valentin Musso*
P4001. Dexter fait son cinéma, *Jeff Lindsay*
P4002. Incision, *Marc Raabe*
P4003. Mon ami Dahmer, *Derf Backderf*
P4004. Terminus Belz, *Emmanuel Grand*
P4005. Les Anges aquatiques, *Mons Kallentoft*
P4006. Strad, *Dominique Sylvain*
P4007. Les Chiens de Belfast, *Sam Millar*
P4008. Marée d'équinoxe, *Cilla et Rolf Börjlind*
P4009. L'Étrange Destin de Katherine Carr, *Thomas H. Cook*
P4010. Les Secrets de Bent Road, *Lori Roy*
P4011. Journal d'une fille de Harlem, *Julius Horwitz*
P4012. Pietra viva, *Léonor de Récondo*
P4013. L'Égaré de Lisbonne, *Bruno d'Halluin*
P4014. Le Héron de Guernica, *Antoine Choplin*
P4015. Les Vies parallèles de Greta Wells, *Andrew Sean Greer*
P4016. Tant que battra mon cœur, *Charles Aznavour*
P4017. J'ai osé Dieu, *Michel Delpech*
P4018. La Ballade de Rikers Island, *Régis Jauffret*
P4019. Le Pays du lieutenant Schreiber, *Andreï Makine*
P4020. Infidèles, *Abdellah Taïa*
P4021. Les Fidélités, *Diane Brasseur*
P4022. Le Défilé des vanités, *Cécile Sepulchre*
P4023. Tomates, *Nathalie Quintane*
P4024. Songes de Mevlido, *Antoine Volodine*
P4025. Une terre d'ombre, *Ron Rash*
P4026. Bison, *Patrick Grainville*

P4027. Dire non, *Edwy Plenel*
P4028. Le Jardin de l'aveugle, *Nadeem Aslam*
P4029. Chers voisins, *John Lanchester*
P4030. Le Piéton de Hollywood, *Will Self*
P4031. Dictionnaire d'anti-citations. Pour vivre très con et très heureux, *Franz-Olivier Giesbert*
P4032. 99 Mots et Expressions à foutre à la poubelle *Jean-Loup Chiflet*
P4033. Jésus, un regard d'amour, *Guy Gilbert*
P4034. Anna et mister God, *Fynn*
P4035. Le Point de rupture, *Marie Lise Labonté*
P4036. La Maison des feuilles, *Mark Z. Danielewski*
P4038. Le Mal napoléonien, *Lionel Jospin*
P4039. Trois vies de saints, *Eduardo Mendoza*
P4040. Le Bruit de tes pas, *Valentina D'Urbano*
P4041. Clipperton. L'atoll du bout du monde *Jean-Louis Étienne*
P4042. Banquise, *Paul-Émile Victor*
P4043. La Lettre à Helga, *Bergsveinn Birgisson*
P4044. La Passion, *Jeanette Winterson*
P4045. L'Eau à la bouche, *José Manuel Fajardo*
P4046. Première Personne du singulier, *Patrice Franceschi*
P4047. Ma mauvaise réputation, *Mourad Boudjellal*
P4048. La Clandestine du voyage de Bougainville *Michèle Kahn*
P4049. L'Italienne, *Adriana Trigiani*
P4050. L'Inconnue du bar, *Jonathan Kellerman*
P4051. Une disparition inquiétante, *Dror Mishani*
P4052. M. Pénombre, libraire ouvert jour et nuit, *Robin Sloan*
P4053. Harmonium, *Wallace Stevens*
P4054. Belém *suivi de* Moscow, *Edyr Augusto*
P4055. Solo. Une nouvelle aventure de James Bond *William Boyd*
P4056. Le cintre était sur la banquette arrière, *Alain Rémond*
P4057. The Kid, *Sapphire*
P4058. Brigitte Bardot. La femme la plus belle et la plus scandaleuse au monde, *Yves Bigot*
P4059. Al-Qaïda en France, *Samuel Laurent*
P4060. Dans le Pavillon rouge, *Pauline Chen*
P4061. La Petite Copiste de Diderot, *Danielle Digne*
P4062. L'Effrayant Docteur Petiot. Fou ou coupable ? *Claude Quétel*
P4063. Le Couteau jaune. L'affaire Dany Leprince *Franck Johannès*
P4064. Thèse sur un homicide, *Diego Paszkowski*
P4065. Thé vert et arsenic, *Frédéric Lenormand*

P4066. Étouffements, *Joyce Carol Oates*
P4067. Rien dans les poches, *Dan Fante*
P4068. Pain, éducation, liberté, *Petros Markaris*
P4069. No Bank, *Hugues Le Bret*
P4070. Elle marchait sur un fil, *Philippe Delerm*
P4071. Maudite Éducation, *Gary Victor*
P4072. L'Autre, *Sylvie Le Bihan*
P4073. Fille de Burger, *Nadine Gordimer*
P4074. Une vie de passions formidables, *Luis Sepúlveda*
P4075. Le Mystère Goldman. Portrait d'un homme très discret *Éric Le Bourhis*
P4076. Eux, *Claire Castillon*
P4077. La Plus Belle Histoire de la philosophie *Luc Ferry et Claude Capelier*
P4078. Les Apparitions, *Florence Seyvos*
P4079. Entre les jours, *Andrew Porter*
P4080. L'Humour au féminin en 700 citations *Macha Méril et Christian Moncelet*
P4081. L'assassin court toujours. Et autres expressions insoutenables, *Frédéric Pommier*
P4082. Devance tous les adieux, *Ivy Edelstein*
P4083. Contre vents et marées, *Denis Ledogar*
P4084. Cœur pur. Journal zen et lettres de Maura « Soshin » O'Halloran, *Maura O'Halloran*
P4085. Dans l'abîme du temps, *Howard Phillips Lovecraft*
P4086. L'Appel de Cthulhu, *Howard Phillips Lovecraft*
P4087. La Couleur tombée du ciel *suivi de* La Chose sur le seuil *Howard Phillips Lovecraft*
P4088. Meurtre à Tombouctou, *Moussa Konaté*
P4089. L'Empreinte massaï, *Richard Crompton*
P4090. Pianotrip. Tribulations d'un piano à travers l'Europe *Lou Nils et Christophe Clavet*
P4091. Don Fernando. Le seigneur de l'Amazone *Fernand Fournier-Aubry*
P4092. En finir avec Eddy Bellegueule, *Édouard Louis*
P4093. Le Duel, *Arnaldur Indridason*
P4094. Demain à Santa Cecilia, *María Dueñas*
P4095. La Joie, *Mo Yan*
P4096. Les Convalescentes, *Michèle Gazier*
P4097. La Lettre oubliée, *Nina George*
P4098. Ce qui n'est pas écrit, *Rafael Reig*
P4099. L'Enfance des dictateurs, *Véronique Chalmet*
P4100. Hexagone, *Lorànt Deutsch*
P4101. Dark Horse, *Craig Johnson*
P4102. Dragon bleu, tigre blanc, *Qiu Xiaolong*
P4103. Le Dernier Message de Sandrine Madison *Thomas H. Cook*

P4104. L'Empereur aux mille conquêtes, *Javier Moro*
P4105. Mélancolique anonyme, *Soprano*
P4106. Les Mots croisés du journal *Le Monde* n° 2. 80 grilles *Philippe Dupuis*
P4107. Une imposture, *Juan Manuel de Prada*
P4108. Ce qui est arrivé aux Kempinski, *Agnès Desarthe*
P4109. Les Rouges, *Pascale Fautrier*
P4110. Le Témoin invisible, *Carmen Posadas*
P4111. Quels sont ces chevaux qui jettent leur ombre sur la mer ?, *António Lobo Antunes*
P4112. Désirable, *Yann Queffélec*
P4113. Allmen et les dahlias, *Martin Suter*
P4114. Le garçon qui ne pleurait plus, *Ninni Schulman*
P4115. Trottoirs du crépuscule, *Karen Campbell*
P4116. Retour à Niceville, *Carsten Stroud*
P4117. Dawa, *Julien Suaudeau*
P4118. Sept années de bonheur, *Etgar Keret*
P4119. L'Invité du soir, *Fiona McFarlane*
P4120. 1 001 secrets de grands-mères, *Sylvie Dumon-Josset*
P4121. Une journée, une vie. Fragments de sagesse dans un monde fou, *Marc de Smedt*
P4122. Tout ce qui compte en cet instant. Journal de mon jardin zen, *Joshin Luce Bachoux*
P4123. Guide spirituel des lieux de retraite dans toutes les traditions, *Anne Ducrocq*
P4124. Une histoire personnelle de la Vᵉ République *Alain Duhamel*
P4125. Ce pays qu'on abat, *Natacha Polony*
P4126. Le Livre des secrets, *Fiona Kidman*
P4127. Vent froid, *C.J. Box*
P4128. Jeu d'ombres, *Ivan Zinberg*
P4129. Petits moments de bonheur volés, *Francesco Piccolo*
P4130. La Reine, le Moine et le Glouton, *Shafique Keshavjee*
P4131. Crime, *Irvine Welsh*
P4132. À la recherche de mon fils. Toute une vie sur les traces d'un explorateur disparu, *Edgar Maufrais*
P4133. Un long printemps d'exil. De Petrograd à Saigon, 1917-1946, *Olga Ilyina-Laylle, Michel Jan*
P4134. Le Printemps des enfants perdus, *Béatrice Égémar*
P4135. Les Enfants du duc, *Anthony Trollope*
P4136. Portrait d'une femme sous influence, *Louise Doughty*
P4138. Lamb, *Bonnie Nadzam*
P4139. Le Coq rouge, *Miodrag Bulatovic*